講談社文庫

受け月

伊集院 静

講談社

目次

受け月

夕空晴れて

その声を耳にした途端、由美はキャベツを刻んでいた庖丁の手を思わず止めた。内緒でかくしごとをしていたところを見つかって、うしろから背中を叩かれたように、どぎまぎした。

指先がふるえている。それが庖丁の先に伝わって、刃先が小刻みにゆれる。

「ねぇ、腹減っちゃったよ。まだ、飯《めし》は」

息子の茂がダイニングテーブルを指で叩きながら言った。

今の声はさっきと違っていた。

由美は茂に気づかれないように、吐息をひとつついてから、

「もうすぐだから待ってて。手は洗ったの」

と明るく言った。

「うん？　何だって」

由美はその声にまた驚いて、茂をふりむいた。

息子が自分を見ている。たしかにそこにいるのは、少年野球のユニホームを着たわが子である。ヘッドスライディングでもしたのか鼻先と左の頰が赤くなっている。

「手は洗ったのって、言ったのよ」

茂は唇を突き立てるようにして、まだだけど、と言って風呂場の方へ面倒臭そうに歩いて行った。

水道の蛇口をひねる音がして、おざなりに手を洗っている気配がする。

「足も洗ってちょうだいね」

返事はかえってこないが、茂は由美に言われたことはちゃんとしてくれる。

十歳という年齢にしては、世間で聞くほど反抗的な態度もとらないし、身体も健康で助かっている。母子家庭の子供は何かと問題が起こりますから、と小学校に入学した時に担任の女教師から言われたが、今のところはそんな様子もない。

茂に夕食を食べさせてから、由美は仕事部屋に入って、明日の午後までの注文のセルの色塗りをはじめた。

今色付けをしているのは、どこかの官庁のPRフィルムのアニメーションである。

ウサギの耳にピンクの影を付けながら、障子越しに息子の気配をうかがった。テレビの音は聞えるが、ニュースキャスターの声である。

――眠ったのだろうか。

作業の手を止めて、障子をあけた。やはり、テレビの前で横になっている。由美はテレビのスイッチを切って、首をかしげるように眠っている茂の顔を眺めた。夢でも見ているのだろうか、ちいさな鼻にしわを寄せている。男の子にしては少しまつ毛が長過ぎる……。鼻は私に似て、目は悟《さとる》に似た。

――猿みたいだったよ。

中央病院で茂を出産した直後、夫の悟は言った。そういう言い方しかできない人だったが、そんなところが安心できる人でもあった。

悟が癌で亡くなってから、五年になる。

――なんだか、この頃飯を食べると喉につっかえてね。

――病院へ行ったら？

――そうだな。まあしかし健康だけが俺の取り柄だしな。たいしたことはないだろう。

半年して病院へ行った時は身体中に病巣は転移していた。手術をして一ヵ月後、夫は息を引きとった。呆気なかった。つい二ヵ月前まで、休日にはゴルフに出かけたり会社の野球大会に出ていた夫が、目の前の棺の中に眠っていて、何がどうなってしまったのかと思っているうちに、納骨も終り、息子と二人の暮しがはじまっていた。

哀しみがやってきたのは、半年も経ってからである。なんでもない時にふいに背後から両手で包まれたように悟のことが思い出された。元々子供の時分から、おっとりし過ぎていると母に言われていたから、哀しみもやって来るのが人より遅いのだろうと思った。

しかし、涙に暮れるようなことも永続きはしなかった。茂をかかえて暮して行かなくてはならなかった。浜松の実家へ戻ることは簡単だったが、悟と出逢って共に暮したこの町と家を離れることができなかった。離れてしまうと自分がどこかへ消えてしまうような怖さがあった。

茂を起こして寝室へ行かせた。

「明日は試合だからね……」

寝ぼけまなこで息子は言った。

「そう、頑張ってね」

うなずいている息子は別の世界にいる。由美は仕事部屋に戻らないで、ダイニングチェアに腰を掛けた。

窓の外から、すぐそばを走る湘南電車の通過する音が聞える。

コーヒーをいれた。コーヒーメーカーのプップツと湯の沸く音と、豆の匂いが部屋に漂った。ぼんやりと窓の外を眺めた。

夕刻、茂が帰って来るなり椅子に座って、

「ああ腹減った。飯」

と言った時、それが夫の悟の言い方と瓜ふたつだった。思わず庖丁の手が止まった。

――まさか……。

と思うのだが、ふりむくと悟がそこにいるような錯覚が、近頃茂のなんでもない口のききかたや仕種《しぐさ》にあらわれる。数ヵ月前まではなかったことである。

「うん？　何だって」

この言い方も似ていた。似ていたというより、そのままなのである。

忘れようとして忘れられたと思っていたものが、探しものが天井から落ちてきたようにに手のひらにこぼれてくる。その重さも肌合いも五年という歳月がまるで何もなかったかのように鮮明にあらわれる。そんなことが近頃息子の周辺で起こる。

「ああ、そうだ」

由美はつぶやいて立ち上ると、和室へ行って茂の野球のウェアーを揃えはじめた。アンダーストッキングにアンダーシャツ、ユニホームの上下……揃えているうちに、一ヵ月程前に茂には内緒で彼の野球の試合を見に出かけた時のことが思い出された。

その日はダブルヘッダーで試合があると聞いていた。由美は午前中の試合を見物に出かけた。

川の堤沿いの道を七月の風に吹かれながら歩いていると、こうして天気の良い日に野球場へ出かけるのもずいぶんひさしぶりのように思えた。悟と出逢った頃、よく彼の野球の試合を見物に行った。由美は悟の野球をしている姿を見るのが好きだった。ユニホームを着てグラウンドにいる悟は、野球をすることが楽しくて仕方がないという表情をしていた。活《い》き活《い》きとして、のびやかな悟の気持ちがスタンドにいる由美にも伝わった。

試合はもうはじまっていた。

一塁側のベンチが茂のチームのいる場所だった。由美は三塁側のスタンドのうしろに生えていた欅《けやき》の木の陰に立った。

見慣れたユニホームがダイヤモンドのポジションについていた。茂はその九人の中にはいなかった。意外だった。いつもフィールドの中にいる悟の野球を見ていたので、息子がベンチにいるとは思ってもみなかった。

ベンチに残っている十数人の控えの選手の中に茂はいた。一番片隅に頬杖をついて、グラウンドを見ていた。ゲームを見ているという感じではなかった。遠目ではあったが、茂の表情は家の中でずっと由美が見てきたものとはまるで違っていた。

そのうちに出番が回ってくるのだろうと、由美は息子のプレーぶりを期待して、そこにいた。一時間もしないうちにゲームは終った。ゲームが終ると、茂はグラウンドを整備する木製のT字棒をかかえて、由美のいるそばのサードのポジションを整備しはじめた。由美は自分の姿を見つけられるのではと身をかがめた。そっとのぞくと、茂は黙ってグラウンドの凸凹をなおしていた。時々小石を見つけて放り投げる。それは決して喜んでやっている作業には見えなかった。胸のどこかが痛くなるような気がした。

昼食の時間になって茂たちは外野の芝生で食事を摂《と》りはじめた。横浜まで約束の届け物があって、もう行かなくてはならない時間だったが、由美はそこを立ち去れなかった。

茂が選手たちの間を薬缶《やかん》をかかえてお茶を注いで回っていたからだった。

――どうして茂だけがあんなことをやらされているのだろうか。

そう思うと、選手の輪の中心に座って弁当を食べている監督らしき大きな男に腹が立ってきた。

――野球をさせに行っているのに、何の理由であんな小間使いのようなことをさせられなきゃいけないの。

時間がぎりぎりになって、由美はグラウンドを出た。堤の道を歩いていても納得が行かなかった。

「何よ、あの男は。監督か何か知らないけど、子供にあんなことをさせて」

早足で歩きながら駅まで行くと、やはり茂のプレーぶりを見ておきたい気がした。

駅前の公衆電話でアルバイト先に電話を入れ、夕方まで待って欲しい、と頼んだ。

グラウンドに引き返すとちょうど第二試合がはじまるところで、二列に整列した子供たちが審判とホームベースをはさんで挨拶をしていた。気がつかなかったが、茂はチームの中で二番目にちいさい選手だった。

まだ四年生だもの仕方ないわね……由美は自分に言い聞かせるようにつぶやいた。

初回は茂のチームが攻撃だった。見ると茂はグローブを手にそわそわとしていた。

――出場するんだわ。

由美は胸が高鳴った。

一回の攻撃が終って、茂が立ち上った。

――茂、頑張ってね。

しかし息子はグローブを持って駆け出すと、最後の打者にそれを渡しに行った。グローブを受け取った子供はそのことが当然のような顔で守備位置についた。由美は落胆した。バットを片付けている息子を見ていて、可哀相になった。ベンチの中央に座っている監督が一層いまいましく思えた。

――何よ、たかが少年野球じゃないの。そんなにゲームに勝ちたいの。

由美は木陰から眼鏡をかけた大男を睨みつけた。そう言えばなんとなく意地悪そうな顔をしているように見える。

それでもどこかで茂がプレーをする順番が来るだろうと由美は待っていた。

だが、とうとう最後まで茂がプレーをすることはなかった。

由美は横浜まで届け物をしに行く電車の中で今日見た茂の姿を思い出した。ベンチで頬杖をついていた目、グラウンドを整備しながらうつむいていた横顔、薬缶を手にしてお茶を注いで回っていたうしろ姿……。浮んできた光景はどれもひどく、息子だけが辛《つら》い立場にいるように思えた。

「な、な、そうだろう」

「うそ、ほんとにか、見せてみろよ」

「わあ、すげえ、ほんとだ」

顔を上げると目の前に塾にでも出かけるのだろうか、男の子が三人で話をしていた。三人並んだ真ん中の子が手にしているゲーム機に顔を寄せ合って笑っていた。歳からすると茂とあまり変わらないような気がした。皆楽し気であった。

この子たちが今時の普通の子供の姿ではないかと思った。

男親がいないというのは、やはり子供をどこか卑屈にするのだろうかとため息がこぼれた。

届け物を終えて家に戻ると、茂はベランダに出て外を見ていた。

――もう野球はやめようかな。

そんなことを茂が言い出しそうな気がした。ちいさな背中が住宅街に沈んで行く夕日に消え入りそうに見えた。夕焼けの雲までがひどく哀しい色に映った。

「遅くなって、ごめんね。すぐに夕食の支度をするわ。今日はママの仕事が上手《うま》く行つたからご馳走をこしらえるからね」

「うん」

茂の返事は元気がないように思えた。

野球のことは口にしない方がいいと思ったが、ついいつもの口癖で、

「ねえ、今日のゲームはどうだった？」

と言ってしまった。

「一試合目はエースの調子が悪くてね。でもね、午後からの試合は七対一だよ。あんな試合がいつもできればいいんだ」

と嬉しそうに言った。

由美は息子の顔を見つめた。

そう言えば、野球の話をする時の茂はいつも本気で喜んでいたりくやしがっていたりしていた。

――よほど野球が好きなんだ。やっぱり父親に似たんだ。

しかし由美はグラウンドでの茂の姿を見てしまった今、少年野球に入部してからのこの一年間、彼がずっとどこかで無理に野球好きの子供を演じていたのではないかと思えた。

その演技が由美に対しての気遣いであったのなら、無神経な会話を続けていたことになる。

——なんて鈍感だったんだろう。

その夜食事をしながら、由美は茂の口から本心を聞き出したくて、さり気なくチームのことや野球の話を茂にした。

「野球の調子はどう？」

「まあまあさ」

「そう、バッティングの方はどう」

「少しだけど、カーブが打てるようになったんだ」

「カーブって」

「曲がってくるボールだよ」

「打つのにむずかしいわけ」

「ストレートと違って、スピードも少し違うしね」

「大変ね」

「練習すれば打てるようになるんだ」

「ああ、教えてもらうわけね」

「そう」

「どんな監督さんなの」

「怖いけど、いい人だよ」

「昔野球をやってた人なの」

「うん、プロ野球にもう少しで行けそうだったんだって」

「自分でそう言ってたの」

「違う。佐々木さんがそう話してくれた」

「佐々木さんって誰」

「会長さんだよ」

「会長さんがいるの」

「前に話したじゃないか、佐々木さんが僕をチームに入れてくれたって」

「ああ、そうだったわね」

「なんでそんなこと聞くの」

「ううん、なんとなくね」

自分の顔をじっと見つめる茂の顔を見て、由美はあわてて目の前のスープに目を落とした。

茂の野球のことがその日以来頭を離れなかった。グラウンドへは行けなかったが、息子がどうしてそんな辛い立場の場所へ毎日出かけるのか由美には理解できなかった。

気になっていることがひとつだけあった。それは茂が突然野球チームに誘われたんだと嬉しそうな顔で由美に言ってきて、由美が茂と二人で横浜へグローブやユニホームを買いに出かけた時のことだ。

「ねえ、一度男の子がやるんだって決めたんだから、絶対に途中でやめては駄目よ。パパの大好きだったスポーツだからね」

ダイニングに真新しいユニホームを着て立っていた茂に由美は指切りまでして約束させた。少年野球くらいと思っていたが、デパートで一式を揃えたら思っていたより高くついたことも、息子にそう約束させた原因だった。

——あの日の約束のためにずっと辛いことを我慢しているとしたら……。

しかし息子は学校から帰ると、すぐにユニホームに着換えて家を飛び出して行く。それが由美にはよく理解できなかった。

コーヒーを飲みながら、

——ひょっとしてあの日だけ茂はメンバーから外されていたのかもしれない。

と思いはじめた。

──明日、もう一度見に行ってみようかしら。

由美はウサギの耳を描き終えて、今度は目に色付けをはじめた。

──今夜はちょっと無理して、徹夜をしてしまおうか。

そうしたら午前中に仕上ったものを届けて、午後の試合は見に行ける。由美は背筋を一度伸ばしてから、ヨシッ、と気合いを入れてセルにむかった。

グラウンドには一ヵ月前に見に来た時よりも大勢の子供たちがいた。夏休みに入ったということもあるのだろうが、大人たちの数も先日来た時より多かった。

由美は息子のチームのユニホームを探した。チームはグラウンドの外にあるちいさな空地にいた。

茂の姿が見えた。キャッチボールをしていた。試合前のウォーミングアップというところなのだろう。茂のキャッチボールの相手はひどく小柄な子だった。キャッチボールをしていて、その子の投げるボールがしょっちゅう外にそれて、その度に茂がボールを拾いに行っている。茂の投げるボールは山なりだけど、ちゃんと相手の子に届いている。

——どうしてあんな子とキャッチボールをするんだろう。

しかしグローブを手にしてボールを投げている息子の姿は雑用をしている時より少しまぶしく見えた。

試合がはじまった。また茂はベンチにいる。由美は眉間にしわを寄せた。もし今日もずっとベンチにいるようだったら茂に、

——無理をして野球に行かなくてもいいのよ。

と話してやろうと思った。

バットを片付けて、ヘルメットを並べて、グローブをレギュラー選手に運んでいる。ゲームの間中ずっと茂はそれを続けていた。

——そうだ、あの監督に茂がどうして一度もゲームに出してもらえないのかを聞いてみよう。

由美はその方が先決だと思った。ベンチの中央に座っている監督の顔を見た。この間見た時より若く見える気がした。

隣りにスーツを着た老人がステッキをついて座っていた。

——あの人が茂の言っていた佐々木さんという会長さんだろうか。

好々爺《こうこうや》といった感じだった。人の好さそうな笑顔をしている。

——あの人に話してみた方がいいかも知れない。あの人なら私の言ってることもわかってくれそうだ。

その時茂が監督に呼ばれた。

茂は帽子を脱ぎ直立不動の恰好で何か話を聞いていた。大声で返事をしている息子の声が由美のところまで届いた。

——叱られているのだろうか。

茂は帽子をかぶると、急に身体がはずんだように、バットケースのある場所へ行き、バットを取り出してスイングをはじめた。

——やった、とうとう出番が回ってきたんだわ。

由美は大声で息子の名前を呼んで応援してやりたかった。

——どうか神様、茂にラッキーを与えてやって下さい。

由美は両手を合わせて胸の中で祈った。野球のルールのことはよくわからなかったが、守備についている茂のチームが攻撃になったら、きっと茂がバッターとして登場するのだろう。

ところが相手チームのバッターが三振をすると、ベンチにいる全員が立ち上って拍手をした。ゲームセット、と審判の声が響いた。

——なんだったの、今の茂のバットスイングは……、まさか子供を騙《だま》してるんじゃないでしょうね。

由美は自分の頭に血が昇って頬が熱くなって行くのがわかった。茂の様子はどうだろうかと見ると、もうグラウンド整備のT字棒を持って走り出している。

——ひどい連中だわ。

由美は無性に腹が立った。このまま監督のところへ行って話そうと思ったが、茂の手前それはできない。茂の姿を見るのが辛かった。

選手たちは監督の回りに円陣になって大声で返事をしていた。由美はその選手たちから少し離れた場所に、ひとりの女性が立っているのを見つけた。チームの誰かの母親のようだった。選手たちは監督に丁寧にお辞儀をすると彼等だけでまた円陣を組んで話をしていた。

その女性に先刻の老人が近づいて挨拶をしていた。監督も帽子を脱いで頭を下げていた。

——きっと誰かレギュラー選手の母親に違いない。あの二人に取り入って上手くやっているのだろう。

選手が解散すると、茂たちはそれぞれが道具を手にしてグラウンドの脇に停車してあったライトバンに道具をしまっていた。

茂が帰り際にその女性に声をかけられている。茂は帽子を脱いで頭をペコリと下げて、女性が手を引いた少年に手を振った。その少年に先刻茂とキャッチボールをしていた少年であった。

茂が急に走って、由美のいる欅の木の方へむかってきたので、あわてて彼女はグラウンドを去った。

堤と逆方向へ歩いて行くと、前方にあの女性と少年が並んで歩いていた。

近くで見ると、女性の髪には白いものが目立っていた。少年は彼女の子供ではない気がした。

「あの……」

由美は女性に声をかけた。

「はっ、何でしょうか」

ふりむいた女性はやはりかなり高齢に見えた。

「つかぬことをうかがいますが、お子さまは宮町の少年野球チームに入ってらっしゃいますよね」

「ええ、そうですが。孫がお世話になっています。それが何か?」

「実はあのチームの監督さんにお逢いしたいと思いまして」

「そうですか、お子さんが?」

「ええ、そうなんです」

「なら、今ちょうどいいんじゃないかしら」

「何がですか」

「実は孫が今日で宮町ロビンスをやめなくてはならなくなりまして」

「はあ……」

「とってもいい監督さんですよ。冷泉《れいぜい》さんとおっしゃって、宮町の商店街の外れで牛乳屋さんと煙草屋さんが一緒になった家ですわ。うちの孫は本当はチームに入るのには年齢不足だったんです」

「年齢制限があるんですか」

「ええ、小学校の四年生にならないと入る資格がないんです。試験もあるんですよ。でもうちの子は特別でね、助かりました」

「おばあちゃん、ほらおじいちゃんが迎えに来てる」

少年は通りのむこうから手を振っていた老人にむかって走り出した。

「ジロー君、車に気を付けるのよ」

彼女は心配そうに少年の姿を目で追っていた。

「あの子の両親は去年事故で二人とも亡くなってしまいましてね。私たち二人ではこれから先あの子を育てるのは無理なので、親戚へ預けることにしたんです。半年の間でしたけど、あの子が私たちのそばに居てくれたのは宮町ロビンスのおかげなんです。冷泉さんに事情を話したら特別にチームに入れてもらえたんです。ぜひお逢いになってみるといいですよ。本当にいい方です。では失礼します」

老婆は老人と孫の待っている方へ歩いて行った。三人は由美の方をむいてかすかに会釈をした。少年が帽子を振っているのが見えた。由美も手を振った。それから腕時計を見て、あわてて家の方にむかって歩き出した。

その夜お茶を飲みながら茂と話をした。

「どうだったの試合は？」

茂は白い歯を見せて、右手でVサインを二回くり返した。

「どういうこと、そのサインは」

「朝の試合も、午後の試合も勝ったんだ」

「へえ、よかったわね。強いのね、宮町ロビンスは」

「強いさ、けどもっと強いチームもあるんだよ。でも監督さんがもうすぐ宮町ロビンスは強いチームになるって言ってた」

「練習をよくやってるもんね」

「うん」

「野球って面白い」

「うん」

「カーンってホームランなんか打てちゃうと、しあわせだなあ、って感じるのかな」

「わかんないよ、打ったことないから。でもきっと、メチャクチャ嬉しいだろうね」

「選手はたくさんいるの？」

「今は二十六人かな……。今日ひとりやめちゃったんだな、ジロー君が」

「やめる子もいるんだ」

「外《ほか》の町へ行くんだって」

「そう、いい選手だったの」

「チビッ子だよ」

「チビッ子？」

「うん、本当はチームにはまだ入れない二年生だったんだけど」

「二年生は入れないの」

「うん、僕だって特別だったもの」

「どうして」

「わかんないよ。佐々木さんが入ってもいいって言ってくれたんだ」

茂の目がまばたきをして、何か別の自分の姿を思っているように見えた。

辛いんではなかろうかと思った。

「ねぇ、パパはどんな選手だったの」

急に茂が夫のことを聞いてきたので、由美は驚いた。

「見たことあるんでしょう、パパの野球」

「あるわ。パパはピッチャーをしていたし、時々三塁のところを守ってたな」

「サードだよ。知ってるよ」

えっ、と由美は茂の言葉に目を丸くした。

「ママ話してあげたっけ」

「違うよ。監督さんから聞いたんだ」

「どこの」

「チームのさ」

「監督さん、パパのこと知ってるの」

茂は嬉しそうにうなずいた。

「おともだち」

茂がまたうなずいた。

「そうなの……」

夜半仕事をしながら、由美は冷泉という名前に憶えがないか考えてみた。思い出せなかった。結婚前と結婚をしてから悟が紹介してくれた男友達の顔や名前を思い浮べたが、冷泉という名前も、あんなに大きな身体をした人にも記憶がなかった。

それに佐々木という老人はどうして茂をチームに入れたのだろうか。ジローという子は両親が亡くなったと言っていた。あの少年に比べると茂には自分がいる。しかし由美はなんとなく悟が生きていてくれたら、茂が雑用をやらされなくて済むような気がした。


翌週、浜松にいる母から手紙が届いた。

手紙には、女手ひとつで子供を育てるのも大変だろうから、そろそろ再婚のことも考えてみてはどうかということと、浜松の方で自分に合いそうな相手がいるのだが一度逢ってみる気はないか、という内容が綴ってあった。

こんな内容の便りを母がよこしたのは初めてのことだった。

悟が亡くなった時も、浜松の実家へ帰って来て欲しいと母は懇願した。由美はどうしてあの時この町を離れることができなかったのかわからない。今でこそ東京のベッドタウンとなって、新しい住宅地がどんどん開発され大きな田園都市のようになっているが、由美が初めてこの町の小学校の教師として赴任してきた時は、まだ雑木林ばかりが目立つ田舎町だった。

浜松を出たのが十八歳の時で横浜にある美術短大へ行った。教職免状を取って探した学校が自分の希望した横浜と違ったが、緑の多いのどかな町はなんとなくのんびり屋の自分に合いそうな気がした。

この町で悟とめぐり逢って、恋をして、結婚をした。

茂がよちよち歩きをしはじめた時、

「こいつ野球をするようになるかな」

と悟は言った。

「野球をさせたいの」

「どっちでもいいけどな。キャッチボールくらいはしたいな」

「それが夢なわけ」

由美は茂にボールを投げるふりをしていた悟を憶えている。

もうこの町に由美がいる理由が特別あるわけではなかった。

茂が野球の練習へ出かけた後で由美は浜松の実家へ電話を入れた。父が出た。

「元気でやっとるのか」

「ええ、父さん、肝臓の具合はどう」

「相変わらずだ。茂は元気か」

「ええ、今日も早くから野球の練習に行ったわ」

「そうか、少年野球はこっちにもたくさんチームがあるぞ」

「そうね」

父は由美たちに帰って欲しいことを遠回しに言っている。母に替わった。

「元気でやっとる」

「ええ、手紙読んだわ」

「どうね」

「少し考えてみるわ」

「そうしてくれると嬉しいがね」

「母さん、元気」

「私は変わりはない。父さんがちょっと暑くなってからね……」

「そう、お盆には茂を連れて帰るわ」

「父さんが喜ぶわ」

電話を切ってから、由美はふいに淋しさを感じた。理由はわからないのだが、自分ひとりがどこか意固地になって生きているような気がした。自分はひとりなのだ、と思った。茂はいるのだけど、女として淋しい日々を送っているように思えた。悟が死んでからの五年間、何かの拍子に頭をもたげそうになる孤独に由美は知らんふりをして生きてきた。

近頃、茂の声や仕種に悟のことを思い起こすのは、きっとその淋しさが出ているに違いない。

「実家へ帰ろうか」

口にすることを避けていた言葉が洩れた。その方が茂の将来のためにもいいかも知れない。今なら再婚もできるだろう。

天竜川や浜名湖を茂に見せてやろう。野球場だってあるし……。

――こっちにも少年野球のチームはたくさんあるぞ。

今しがた父の言った言葉が浮んだ。

あの少年だって、新しい町できっと野球をするに違いない。

「そうだわね。あんな監督の下で野球をやるよりは、茂が自由にダイヤモンドの中を走れるところの方がいいかもね」

由美はテーブルの小鏡に映っている自分の顔を見つめた。

「早くしないと、おばあちゃんになってしまうものね」

夕刻銀行へお金をおろしに行って宮町の通りで買物をした。通りを歩きながら、この町も昔とずいぶんと変わったとあらためて思った。

〝冷泉牛乳店〟と看板が見えた。

——ここか、茂のチームの監督の家は……。

由美は店の前に立ち止まって、中の様子をうかがった。間口の三分の一は煙草屋になっていた。店番は誰もいない。牛乳店の方も大きな冷蔵庫とプラスチックの容器ケースが積んであるだけで人の気配がしない。

「何か」

背後で男の声がした。ふりむくと前掛けをした大きな男が由美の顔を見て立っていた。

——この人だ。

「牛乳ですか」

「いいえ、私、小田と申します」

「はあ……」

「あの小田茂の母です。いつも息子がお世話になっています」

「そうか、小田君のお母さんだ。どこかで逢った人だと思いましたが、人の憶えが悪くてすみません」

「私、お逢いしてませんけど」

「いいえ、小田先輩が入院なさってる時に一度、それからお葬式の時に」

「そうでしたか、申し訳ありません」

「自分も今みたいにこんなに太っていませんでしたから……何かご用事ですか」

「……ちょっとお聞きしたいことがあったんです」

「そうですか、なら奥へどうぞ、立ち話もなんですから」

「いいえ、それほどのことでもないんです」

「ああ、そうですか、じゃ、そこの公園にでも行って話しましょう」

由美が公園で待っていると、前掛けを外した冷泉が急ぎ足でやって来た。

「すみません。おふくろがもう耳が遠くて、ちょっと出かけると説明するのが大変なんです」

「よかったんですか、店を放ったままで」

「牛乳屋は朝で仕事の半分は終るんですよ。おやじの代の時のようにいろいろはやってませんから……、で、お話と言うのは」

こうして間近に冷泉に接してみると、由美は自分が考えていた印象と彼が違った人柄のように思えてきた。

「親馬鹿だと思うんですが、実は私、先月から二度ばかり息子の野球の試合を見物に行ったんです」

「お見えになってたんですか。ベンチの方へ来て下さればよかったのに」

「いえ、仕事へ出かける前にちょっとのぞいただけですから……。それで私息子の野球を見ていて」

そこまで言って、由美は言葉を切った。

「で、何ですか」

「ごめんなさい。息子は毎日野球に行くことを私の目から見ても、とても楽しみにしていました。きっと野球が面白くてしようがないのだと思っていましたから、どんな野球をしているのかと思って出かけたんです。そうしたら息子は試合にも出られず、バットを片付けたりグラウンドの石を拾ったりと、なんだか息子が可哀相になりまして……」

「そうでしたか……」

冷泉はシャツのポケットから煙草を出して火を点けると、

「そうでしょうね、奥さんがおっしゃることよくわかりますよ。私もずっと野球をやっていたんですが、私の野球に対する考えも奥さんと同じだったんです。私は子供の頃から野球選手になることだけが夢だったんです……」

と煙りを吐き出しながら話をはじめた。

「――幸い親からもらった身体も同じ歳の連中より大きかったですし、好きだったスポーツだから上達も早かったんでしょう。高校へ入った時はもうプロ野球へ行くことしか考えていませんでした。私が一年生で野球部へ入部した時のキャプテンが奥さん、あなたのご主人だった小田先輩です。小田先輩も神奈川県下では指折りの投手でした。でも先輩はエースの座を監督さんに話して私に譲ってくれたんです。私は一年生ですぐマウンドに立ちました。スピードはあったのですが、どうも頭《ここ》が悪くて一年の時は先輩に迷惑をかけました」

と太い指でこめかみをさして笑った。

「——夏の甲子園地区予選を三回戦で敗れた後で、先輩が私を呼んで『冷泉は将来プロ野球へ行きたいのか』って言われたんです。私がそうですと返事をすると『おまえならきっとプロの選手になれるよ、がんばれ』と言われてから最後に『冷泉、野球ってスポーツはいいだろう。俺は野球というゲームを考え出したのは人間じゃなくて、人間の中にいる神様のような気がするんだ。いろんな野球があるものな。おまえにもそのことをわかって欲しいんだ。自分だけのために野球をするなよ』って……、何か変な事を言う人だなって、その時は思いました。正直に言うと、自分にエースの座を奪われたくやしさを最後に話して行ったんだろうかって。私は甲子園へ行くことができずに、ノンプロチームに入りました。そこからプロ選手を目指しました。ところが二年目につまずきました。それでもなんとかプロへと三年頑張りました。プロのスカウトも様子を見に来てくれました。しかし上手く行きませんでした。野球以外は何もできない人間でしたから、遊ぶようになって、半分グレたような暮しになりました。そんな時に先輩が訪ねて来ました。『帰って来い冷泉、田舎へ帰ってまた野球をやろう』と言われました。野球はもういいですよって、私が言ったら『そうだろう、つまんない野球はもうやめろ。神様がこしらえた野球をやろうや』と笑って言われました。それから半年先輩の言ったことを考えて、田舎に戻って来たんです。高校の監督も三年やらしてもらいました。甲子園へは行けませんでしたが、それだけが高校野球ではないこともなんとなくわかりました。そして何より楽しかったのは先輩たちとやった草野球でした。自分はもし先輩に逢うことがなかったら、きっとつまらない野球をした男で終っていたでしょう。そんな野球と出逢えてから、この町がひどく好きになったんです」

冷泉は空を流れる雲を眺めながら話を続けた。

「先輩に病室に呼ばれたのは、手術が終ってから二週間たった時でした。自分には先輩はひどく元気そうに見えました」

冷泉が言っているのは悟が手術後二週間して一度驚くほど回復した時のことを言っているのだと由美は思った。

「先輩は自分に『俺の息子がもし野球をしたいと言いはじめたら、冷泉、おまえが教えてやってくれ』と笑って言われました。私は先輩の息子だとおっかないと言って、先輩が教えた方が上達しますよと答えました。『冷泉、おまえの野球にはもう神様がついてるよ。頼んだぞ』って手を握られました。その時自分は先輩の身体がそんなだったとは気づかなかったんです。つくづく自分は馬鹿だなって思いました。いつもあとになって、わかるんですから……」

冷泉の目がうるんでいた。それよりもスカートを必死で握りしめて涙をこらえていた由美の手の甲に大粒の涙が堰《せき》を切ったようにこぼれ落ちた。

「かんべんして下さい、奥さん。辛いことを思い出させちゃって」

「す、すみません……」

言葉は嗚咽《おえつ》にしかならなかった。

「すみませんでした。何も知らないで」

「もうすぐですよ。もうすぐ小田三塁手もゲームに出られるようになります。先輩の話をすると小田君は目がかがやきます。佐々木さんが『小田は目がいい』と誉めていました。会長さんですがね、先輩に野球を教えた人です。名選手にならなくったっていいんですよ。自分のためだけに野球をしない人間になればいいと思っています」

由美は立ち上って冷泉の前に起立すると、

「本当にすみませんでした。茂をよろしくお願いします」

と言って公園を飛び出した。

茂が楽しみにしていた日曜日のゲームが雨で中止になった昼下り、由美はベランダにもうひとつテルテル坊主を吊して、仕事部屋でセルの色塗りを続けた。

——ベースボールというのは人間にいろんなことを教えてくれるものです。いい息子さんだ。

挨拶に行った時の佐々木の顔が浮んだ。

——私は小田悟のベースボールが好きでね。

しわがれた老人の声はそのまま父の声に変わった。

——そうしたいのなら仕方あるまい。

盆に実家に帰った時に父はそう言った。父は退職金の一部であろう金を黙って由美に差し出した。

雨雲は少しずつ海の方へ流れていた。

「ちぇ、今頃になって雨がやんだよ」

ベランダの方から茂の声が聞えた。由美は仕事の手を止めて障子を開けた。雲の切れ間から、九月の夕日がベランダの手すりに頬杖をついている茂の身体をつつんでいた。ひとつ夏を越えると、息子の背丈が少し伸びたような気がした。

「本当に晴れたわね」

由美の声にふりむいた茂の顔にうらめしそうな表情が残っていた。

「ねえ、ママとキャッチボールしようか」

「本当に、ママ、キャッチボールできるの」

「できるわよ。パパからの直伝ですもの」

「よし、なら外へ行こうよ」

茂の声がはずんだ。

「よし、そうしよう小田三塁手」

二人は堤の道を歩いて河原に行った。

「行くよ」

「いいわよ」

素手で受けてみると思ったより茂の投げるボールは重かった。

「痛い」

「グローブを貸そうか」

「平気、平気」

手のひらの痛さは息子の重さだと思った。

それでも茂はグローブを渡してくれた。

「いいのよ、そんなにやさしく投げなくったって」

「いいよ」

やさしい子なのだと思った。とんでもない場所へ由美がボールを投げてしまっても茂はそれを走って拾いに行き、やわらかなボールを返してくる。それがどこか頼もしくて、無性に嬉しかった。

茂のボールを取りそこなって、由美は草むらを走った。草の中の白いボールを拾おうとした瞬間、

――いつかこいつとキャッチボールができるかな……。

その言葉はふいに由美の耳の奥に聞えてきた。甘い匂うようなささやきだった。

由美は思わずボールを持ったまま空を見上げた。

「どうしたの、ママ」

そこには青空が鰯雲《いわしぐも》を西へ押しのけながらひろがっていた。空がふくらんでいるように思えた。どこかで草が風に鳴る音がした。すると雨垂《あまだ》れがひと粒頬に落ちてきたように冷たいものが目尻から耳たぶにこぼれた。

「どうしたの、ママ」

「なんでもないの」

由美はグローブで濡れた頬をぬぐうと右手をぐるりと一周回してから、身構えてい

る息子にむかって、笑いながら白球を投げた。

切子皿

ガラス越しにグラウンドが見える。正一はぼんやりと、草野球に興じる男たちを眺めていた。まちまちのユニホームで彼等はボールを追っていた。

八月が終るといっても、京都の夏は東京に比べるとひどく暑かった。

――よく、こんな暑さの中で、野球をやっていられるものだ。

と正一は思った。

バッター・ボックスに背の低い男が立っている。遠目でもその打者が歳を取っているのがわかった。緊張をしているのか、それとも汗かきなのか、男は何度もバットを持つ手を交互にはなし、ユニホームで手の平をふいていた。

その仕種を見ているうちに、正一は父の正造のことを思い出し、腕時計を見た。

朝九時東京発の新幹線で京都に着き、駅から父の勤める警備会社に電話を入れた。

正造は勤務中で、正午に会社に戻って来ると言われた。正午にまた電話を入れた。

「はい小栗です」

父はあらたまった声で電話に出た。

「正一です」

「…………」

「正一です。今京都に来ているんですが、少し時間をつくってくれませんか」

「なんだ、おまえか。何の用事だ」

急に重苦しい声に変わった父に、正一は用件を言って、逢いたい旨を伝えた。

「わかった。じゃあ夕方の五時に……」

父が指定した喫茶店が、岡崎公園のそばにある〝伊達〟というこの店だった。

打球がふらふらと一塁手の後方に上った。背のびをしながらボールを追う一塁手のうしろにボールはぽとりと落ちて、石灰の白煙を上げて転々としている。

コーチャーズ・ボックスの男が右手を回して飛び跳ねている。打者は一塁キャンバスを蹴って二塁へむかう。金網の方へボールを取りに行った右翼手と一塁手がもたついている。二塁キャンバスを蹴った。三塁コーチが腕を回している。その腕の元気な振り方と対照的に走者のスピードは急に鈍りだした。ボールが三塁手に返されたのを彼は三、四メートル前で見ると、へなへなとその場にしゃがんでしまった。

正一は苦笑した。

腕時計を見た。五時十五分である。

——また遅れている……。

正一は父の顔を思い浮べてつぶやいた。しようがない男だと思いながら煙草を取り出して火を点けた。妻の美和子の声がどこからともなく聞えてきた。

今朝、埼玉の東松山の団地を出ようとした時、美和子は玄関に出て見送ろうともせずに、

「いいこと、お義父《とう》さんにちゃんと判を押してもらってこなきゃだめよ。あなたのお父さんなんですからね」

と言った。靴を履きながら台所の方をのぞくと、息子の慎一がじっと見返していた。

慎一が突然、進学をしないと言い出したのは夏のはじめだった。

「俺、高校へ行くのやめるから」

「高校へ行かないって、あんた何考えてるの。そんな冗談許しませんよ、ママ」

美和子は娘の弁当をこしらえる手を止めて、息子を睨んだ。

「冗談言ってるんじゃないよ。高校へ行かないって決めたんだよ」

「そんなことあんたが勝手に決められるわけないでしょう」

「そんなことないさ。俺の人生だもの、俺が決めていいじゃないか」

息子の顔は真剣だった。

「あなた、何か言って下さいよ」

妻はヒステリックな声で正一に言った。

「どうして高校に行きたくないんだ」

「板前になるんだ」

息子はさらりと言った。

「イタマエ？　コックになるっていうの、慎一」

「コックじゃないよ。板前だよ、和食の」

息子は妻の顔も見ないで牛乳を飲んでいた。美和子は目を見開いて慎一の顔を見ていた。ニキビだらけの息子の顔は、それでも平然としていた。

「どうしてそんな気になったんだ」

「クラスの友達がひとり、卒業したら板前になるんだよ」

「板前さんだって、高校ぐらい出てないとだめなのよ、慎一」

妻が言った。

「そうじゃないんだってさ。いい板前になるには学歴がないほうがいいんだって」

「誰がそんなこと言ったの」

「友達が面接で逢った親方って人がそう言ってたって」

「あんた板前さんがどんな仕事をするのかわかってんの」

「知ってるよ。料理をこしらえるんだよ」

「料理をこしらえるって一言で言うけど大変なのよ」

段々と興奮してくる妻に比べて息子は冷静に答えていた。

「何になったって今の世の中大変なんじゃない」

「わかったような口のききかたしないで。あんた成績がこの春から落ちてるから、勉強したくないんでしょう。逃げてるのよ、あんた」

「おい、もうよせ、朝っぱらから」

正一が言うと、

「朝しか話ができないでしょう、うちは。この子は逃げようとしてるのよ」

「そんなふうに言うな」

小学生の美樹が立ち上った。妻も正一も時計を見た。出かける時刻になっていた。

小栗正一が美和子と結婚したのは十九年前の、彼が二十四歳の時で、美和子とは新宿にある同じ職場の予備校で出逢った。正一はその予備校の教師で、美和子は事務員だった。結婚して四年目に慎一が生れた。保育所に預けて、二人は働いた。長女の美樹が生れてからもそうだった。品川で働いていた母の勝子を呼び寄せたのは、東松山の団地の抽選が当った時だった。

去年の秋にその母が亡くなった。

狭い団地の五人暮しだったので、母が亡くなって少しは家がひろく感じるかと思ったが、その分息子の身体が大きくなったように思った。

母が家の中でいかに自分たちに迷惑をかけず、隅の方でひっそりと生きていたのかを知って正一は、母がたまらなく可哀相に思えた。

母が亡くなってからしばらくして、母の荷物の整理をしていた美和子が妙なものを見つけた。

それは一通の土地の登記証だった。所有者は小栗勝子になっていた。そんな土地を持っていることなど、母は生前一言も口にしなかった。美和子と不仲だったせいかもしれないが、彼女はそのことを正一にも告げずに死んだ。

「何なのこれ、土地があったんじゃない。志木っていうと、ここよりずっと都心に近いじゃない」

美和子の目がかがやいた。

「百十平米っていうと、三十三、四坪でしょう。家が持てるんじゃない」

その登記証を正一は不動産鑑定士をしている知人のところへ持って行った。土地はたしかにあった。しかもさら地の状態であるという。

妻は急に陽気になった。しかし問題が残っていた。正一には父がいた。生きていれば今年六十三歳になるはずの小栗正造である。

父といっても、正一が父と暮したのは高校生の時までで、正造は家を出てしまっていた。それまでも正造はほとんど母一人息子一人の家に戻って来ることがなかった。正一は父がどんな仕事をしている人間なのかさえも知らなかった。

母が、東京の品川駅で駅弁を売りながら一家の生計をたてていた。

高校生の時、正一はひとりで働いて自分を大学にやろうとする母が哀れになって、父が住んでいると聞いた鈴ヶ森のアパートに行ったことがあった。

父はステテコひとつで、昼間からそのアパートに寝転がっていた。

「父さん」

父は別に驚いたふうでもなく、

「なんだ、おまえか」

とつまらなさそうに言った。

「何の用事だ」

「俺、地方の大学へ進学するんだけど、母さんが可哀相だから帰ってくんないかな」

正一がそう言うと、父はぼんやりと彼を見つめていた視線をはずして、聴いていた甲子園の高校野球のラジオ中継の方へ耳を傾けるように背中をむけた。

正一は逆上した。土足で上りこみ父を蹴り上げた。父は立ち上ってむかって来た。窓ガラスが割れて、卓袱台《ちゃぶだい》がひっくり返った。成長した息子の体力にかなわないとみた父は、

「殴るんなら殴れ。それで気がすむなら、いくらでも殴れ」

と開き直った。その時、女が部屋に戻って来て、馬乗りになっている正一の腕をつかんで泣いた。

自分の身体の下で、横をむいてふてくされたような顔をしている男が情なくなった。正一は最後に思いっ切りその横っ面を拳固で殴って、

「もう二度と帰って来るなよ」

と怒鳴った。

以来、父は一度も家に戻ることがなかった。美和子と結婚する時も、正一は連絡を取らなかった。美和子にも、彼女の両親にも父はいないと説明していた。母も父のことはあきらめている様子だった。

妙な遺産が出て来たことで、正一は父の存在が気になりはじめた。

まだ生きているのかどうかもわからなかった。戸籍には父の名が記してあったが、居場所も生死もわからなかった。

その父の居場所を教えてくれたのは、母が元気に弁当を売っていた頃、同じ職場にいた澤井という女性だった。彼女は母の死を半年経って知ったらしく、東松山の団地まで線香を上げに来てくれた。

礼をのべて、駅に彼女を送って行く道すがら正一は父が生きていることを知らされた。

「京都で偶然逢ったんですよ。簡易保険の団体旅行で去年の秋、京都に行ったんです。銀閣寺へ見物に出かけて湯豆腐を食べに行ったら、その前の道が工事をしていて、交通整理していたのが正造さんだったんです。声をかけたら正造さんも覚えてくれていて……、懐かしかったわ。何をしてるのって聞いたんです。するとこの会社で働いてるって、名刺くれたんです。それで勝ちゃんに連絡してあげようと探したら、こんなことだもの……」

「ちょっと喫茶店でも入りませんか、澤井さん」

「いいですよ。私は暇だから……」

腕時計の針は六時になろうとしていた。

父は来ないのではなかろうか、と正一は思いはじめた。考えてみれば父と最後に別れたのが、あの鈴ヶ森のアパートである。

正一の記憶の中には、今の自分と変わらない歳だった頃の中年の父の面影しかない。自分を睨み返した目を思い出すと、父はやはりここにはあらわれないように思えた。

「もう二十年以上音信不通なんだろう。それならその事情を書類にすれば、その土地はおまえのものになるよ」

友人はそう言った。そうすれば簡単だと思った矢先に、澤井が一枚の名刺を置いて行った。放っておこうかと思った。母が死んだことを知らせる必要もないだろう。あの男は、自分と母を捨てた男なんだ、と自分に言いきかせた。

母が死んでから、正一は母のことをふとした時に考えることがあった。自分を育て上げるために、朝から晩まで弁当をかかえてプラット・ホームを走っていた母の人生は、初めから終りまでひどくみじめなものだったように思えてしかたなかった。

あの日鈴ヶ森のアパートから家に戻って来た時、

「あの男はもう二度と帰って来ないからね、安心しなよ母さん」

と母に事情を話してやった自分を正一は覚えている。あの時の母の表情が浮んだ。その時は気づかなかった母の哀しそうな顔が、なぜ今になって思い出されるのかも不思議だった。

美和子がデパートやスーパーで買って帰った包装紙を、ひとつひとつしわを伸ばして押入れにしまうのが昔からの母の癖だった。

――義母《かあ》さん、こんなものはゴミと一緒なんだから捨ててもらわないと、物がかさばって困るのよね。

美和子に叱られて困惑していた母。

――おばあちゃん、どうしてご飯を食べる時に口をくちゃくちゃ音をさせるの。美樹、気持ちが悪い。

孫に歯の悪いのをからかわれていた母。

予備校での授業を終えて、私鉄のプラット・ホームに立っている時に、正一はふと母にはいっときでもしあわせだと感じられる時があったのだろうか、と考えることがあった。母の人生がすべて自分という人間を育てるためにあったのだと思うと、妻や予備校の上司からガミガミと言われて、自分がちいさな男だとわかるたびに、言いようのない空虚な感情が湧いて来る自分が情なくなり、そんな自分に人生を託した母がせつなく感じられた。

この世の中でたったひとりの母の胸の内を、彼女が生きている時に思いやれなかった自分を、正一はくやんだ。

「次の日曜日にその場所を見に行きましょうよ」

登記証を見つけた日の夕暮れ、美和子が言った。妻は有頂天になっていた。

「この土地は俺たちのものじゃないんだ」

正一は思わずそう口にしていた。

「どうして」

「おやじが生きてるじゃないか」

その言葉は自然に口に出た。

「お義父さんって、あなた。もう何十年も前に死に別れたって言ってたじゃない」

妻は驚いた顔をして正一を見つめた。

「戸籍上はいるんだよ」

「生きてるの」

「ああ、京都にいるらしい」

「けど、あなたとお義母さんを捨てた人なんでしょう」

「そうだけど、おやじはおやじだ」

正一は少し怒ったような顔で言った。


平安神宮の方から、二条通をゆっくりとした歩調で、男が歩いて来た。

正一は目を細めて、男を見た。少しちいさくなったように見えるが、夏になるといつもかぶっていたソフト帽を少しななめにして、足を放り出すようにする歩き方は、父の正造だった。

顔が光るのは、眼鏡をかけているからだろう。一時間も待ち合わせ時間に遅れているというのに急ぐ様子もない。

父は木陰で立ち止まった。そうしてふりむくと、金網の中の草野球をしている男たちを見ている。それからじっと動かずにいた。

——いい気なものだ……。

そう思いながら、正一はその父の立ち姿に、子供の頃一度だけ父と出かけた夜のことを思い出した。

父が突然北品川の家に帰って来て、ひとりで遊んでいた正一に、

「おい、野球を見に行こう」

と言って、野球場へ連れて行ってくれた。母はまだ仕事から帰っていなかった。正一は喜んでうなずいた。

山手線で東京駅まで行き、そこから地下鉄に乗り換えた。どうしてそんなことを覚えているかというと、父が電車の中で山手線の駅の名前を順番に全部そらで言ってみせたからである。

「もう一度言ってみてよ」

正一がせがむと、

「じゃな、今度は内回りだ」

父は駅の名前を逆から一周さらさらと言った。それは歌うような話し方で周囲で聞いていた人たちが珍しそうに父の顔を見ていた。

「僕にも覚えられるかな」

「ああ簡単さ」

「ねえ、どうして覚えるの」

「今度教えてやるよ」

父は少し自慢気に言った。その表情に正一は子供心に自分の父を誇りたいような感情が湧いた。

球場は満員だった。照明の中の野球選手は人形のように見えた。父はその試合を最後まで見ないで立ち上った。

「おい、引き揚げようか」

父はそんなふうに言ったように思う。そして球場の通路に降りると、守衛のいる扉に入って行き、暗い通路を歩いた。固い通路の床に父の乾いた靴音だけが響いていた。やがてチームのロッカールームに着いた。

そこには上半身裸になって肩から大きなタオルをかけた野球選手が父を待っていた。二人は立ち話をしていた。男が何か言うと父が笑い、父が声をかけると男が笑った。二人の吸っていた煙草の煙りが、薄暗い天井から吊された裸電球の灯りの中を立ちのぼっていた。身体の大きな選手と、ひと回り身体のちいさな父が両手をポケットに突っ込んでくわえ煙草で話している姿は、どこか大人の匂いがした。

父はその選手に正一を紹介した。

彼は笑って、正一の目の前に右手を差し出した。正一はぎこちなく握手をした。大きな手だった。彼はそれからあたりを見回して、隅に転がっていた野球のボールを拾い上げると、慣れた手つきでボールにサインをして、正一に渡した。

「坊やいくつだい」

「六つになるのか、正一」

父が言うと、

「歳も覚えてないのか」

と男は父に言って笑った。

帰りは品川まで、タクシーに乗った。正一はタクシーに乗るのが生れて初めてだったから、窓に流れる景色をずっと見ていた。

父は真直ぐに家に戻らず、正一を鮨屋に連れて行った。

カウンターに父と座って、正一は目の前に出された鮨を食べた。綺麗な店だったし、口にするととろけるように美味しい鮨だった。皿の上に出された卵焼きがまだ湯気が立っていてまぶしいような黄色をしていた。

父はカウンターの中の板前と何か話をしていた。父が口をきくと板前は笑った。ポケットに入らない野球ボールをカウンターにのせていると隣りに座った客が見つけて、それを見せてくれと言った。

鮨屋を出て、父と正一は北品川まで線路沿いの道を歩いた。野球場へ行き、選手に逢い、鮨屋に行ったことで、正一はひどく興奮していた。片手に母への土産の折り詰めを持って、もう一方の手に野球ボールを持っていた。少し前を歩く父が大きく見えた。広い肩のむこうに池田山の山影がそびえて、その彼方に星が浮んでいた。

普段は家にいなくても、自分の父は近所の友だちの父親たちより、素晴らしい人なのだと思った。

家に戻ると、母はひとりで卓袱台のそばに座っていた。

母は父の姿を見ると、戸惑ったような顔をした。

「正一と野球場に行ってたんだ」

父はそう言って家に上った。正一は華やかなものを今しがたまで見て来たせいか、自分が住んでいる家がひどく薄よごれているように思えた。

「野球を見て来たんだ。これ、母さんのお土産の鮨。美味しいよ」

母はかすかに微笑んで正一を見た。

父が家に帰ると、母の顔は決って暗くなった。正一と二人でいる時は明るい顔をしてはっきりとした声でものを言うのに、父がいるだけで無口になり、たまに何かを口にしてもひとり言のようなこもった声を出した。

それが父のせいだとわかっていても、その夜は父が悪い人ではないことを、母に伝えたかった。

——酒はないのか。

——そんなもの……あるわけありません。

——相変わらず駅に出てるのか。

——そうしないと……、生きて行けませんから。

父の言葉だけがはっきりと聞えて、母の声は途切れがちで沈んでいた。いやな予感がした。

正一が蒲団の中に入ると、父の怒鳴り声が聞えた。その声は先刻まで外で逢う誰にもやさしい声をかけていた父のものとは思えなかった。正一は背をむけて目を閉じ、蒲団の中で野球ボールを握っていた。

怒鳴り声がやんだ。沈黙があった。

突然、物がひっくり返り、何かが割れる音がした。母の悲鳴がした。それでも正一はかたくなに目を閉じていた。

——やめて下さい、それは。そのお金には手をつけないで下さい、お願いです。

——やかましい。

激しく母を殴る音が続いた。正一は起き上り、父に突進してズボンをつかむと、

——やめろ、やめろ。

と叫んだ。父は正一を蹴り上げた。彼は蒲団に転がると、家を出ようとする父にむかって野球ボールをつかんで投げつけた。ボールは見当違いの方向へ飛んで、土間の壁に当って鈍い音を立てて転がった。

その夜以来、正一は父を憎んだ。

野球も見るだけで虫酸《むしず》が走った。

正一はながい間、母が父に嫁いだことが、母の不幸のはじまりだと思っていた。あんな男とどうして母が一緒になったかわからなかった。たぶん見合いか何かで母は無理矢理結婚をさせられたのだろう。そう信じていた父と母のいきさつが誤解だったことを、あの日の午後に知った。

東松山の駅前の喫茶店で、澤井は額の汗をふきながらアイスコーヒーを注文した。

「澤井さんは母とはお永いんですか」

「ええ、国鉄に入ったのが同期でしたから」

「そうですか」

正一も母が国鉄に勤めていたことは知っていた。

「私たち二人は品川車庫のお茶汲みで入ったのよね。ほら、あの頃は今と違って国鉄は国がやってた仕事だったから、それは景気も良かったし、勢いもあったのよ、国鉄というと」

「そうですよね。私が子供の頃だって近所に親が国鉄に勤めている子がたくさんいましたものね。皆格安の料金で旅行に出かけてましたもの」

「そうそう、私もずいぶんいろんなとこへ旅行に行ったもの」

「そうですか」

澤井はコーヒーを音を立てながら飲んで、

「勝ちゃんも、正造さんがもう少ししっかりしてたら楽だったのにね」

と溜め息をついて言った。

「父をご存知ですか」

「それはもう、正造さんは私と勝ちゃんが初めて逢った頃は、スターだったもの」

「スター？」

「そうよ。鉄道管理局のエースだったんだものね。都市対抗野球で優勝した時なんか、オープンカーに乗ってパレードしてね。若い女の子は皆正造さんに憧れていたわ」

初めて耳にする話だった。

「勝ちゃんは球場に試合の応援に行って、正造さんに一目惚れしたのよ。それからはもう大変。試合のたびに球場に行って、練習まで見物に行ったんだから……。私、何回勝ちゃんのラブレターを正造さんに渡しに行ったかしら。初めのうちは正造さん、勝ちゃんに見向きもしなかったんだもの。それでも勝ちゃんはあきらめなかったわ。惚れた一念っていうやつね。そうしてとうとう正造さんをつかまえちゃったのね。だって願掛けまで、二人して行ったのよ。ほら大森の山王神社まで毎晩よ。皆若かったのね……」

草野球を見ている父の姿に、三十数年も前の野球場のロッカールームで煙草をくわえた若い頃の父と自分の見たことのないマウンドに立っていた父が重なった。

父はゆっくりとこちらにむかって歩きはじめた。道路工事の交通整理をしていたと聞いたのに、外を歩く恰好は昔と同じように洒落《しゃれ》た身なりをしていた。それが正一には少し滑稽に映った。

その店は、祇園花見小路を南に下った四筋目の隅にあった。

「小栗さん、ながいことどす」

カウンターの中の主人が挨拶をした。父は店の常連らしく、席に着くと女将《おかみ》が愛想を言った。

「京都じゃあ、ちょっとした店や」

岡崎の喫茶店で逢った時から、父の話し方が関西訛りになっているのに気づいていた。

「子供が二人おるそうやな」

京都へ行く前に、正一は父に母の死んだことを話していた。その時に家族のことを少し伝えていた。

「はい、上の息子が来年中学を卒業します。下はまだ小学の五年生です」

自分の受け答えが、よそよそしくなっているのがわかったが、正一はそれを変えることができなかった。

「仕事はうまいこと行ってるか」

「はい、まあまあです。共働きだから暮しに困るようなことはありません」

「おまえ、いくつになったんや」

「四十三歳です」

父の聞くことが、昔と何も変わってないのが、正一は腹立たしかった。二十数年前に自分と母を捨てた男から、息子とはいえ、おまえ呼ばわりされることにむかついた。

「あなたはいくつになったんですか」

「俺の歳か、覚えてへんわ」

その言葉に、カウンターの中の主人が笑った。その笑いに合わせるように、父が口元をゆるめた。正一は父の横顔を見た。

父の笑顔は、昔と変わらないように思えたが、わずかに口元がゆがんで、ふるえているのがわかった。それは若い父ではなく、やはり年老いた男の顔であった。虚勢をはっているのだが、若い時分の重い肉のかたまりのような他人を威圧するものは失せて、薄い紙切れのような弱々しさを持っていた。

正一は腹を立てていた自分が大人げないと思った。

「元気でやってるんですか」

「俺がか……」

た。

「お待ちどおさんで」

父はカウンターの主人と話していた。そうするしかないような雰囲気だった。

目の前に、ガラスの器にくだいた氷をつめて、その上に湯通しした白身の魚が盛り付けてあった。

「はもどす。もう今年うちはしまいどすわ」

梅肉につけて口に入れると美味かった。

「切子やな……」

父が器を手に乗せて言った。

「そうどす」

主人の声を聞きながら、父は小首をかしげるように器を見て、かすかに笑った。

正一もその器を見つめた。

父もじっとその器を見ていた。

「ええ」

「もう歳を取った」

ちいさな声だったが、その一言は妙に澄んで聞えた。それゆえにもの哀しく響いた。

紫蘇《しそ》の葉の緑色を氷にとかして、水の中にこぼした絵具の色のようにあざやかに、ガラスに色彩が映り込んでいた。その緑色と色付けされた紫と金のふちどりが、カウンターの木肌の上にかがやいていた。

「綺麗だな」

正一がつぶやくと、

「そうどすか、おおきに。昔のもんどすからひとつひとつ皆恰好が違いますやろ」

主人が正一の顔を正面から見て言った。

「息子はんどすか」

父は黙っていた。正一もこたえなかった。食事が終ると、二人は立ち上って店を出た。店先で女将が、

「おじゃこどす。ご飯の時でも」

と紙包みを渡した。

「ひとつにしてくれるか」

「そうどしたな」

女将はすまなそうな顔で言った。

祇園の路地を抜けると、夏の月が簾《すだれ》のかかった軒の上に見えた。父は両手をポケッ

トに突っ込んで、数歩前を歩いていた。

四条通を左に折れて、まだ観光客で賑《にぎわ》う往来を二人は歩いた。どこか喫茶店にでも入って、用意した書類に判をもらわなくてはいけない。

しかし前を歩いている父の背中を見ていると、それは言い出しても仕方のないことのように思えた。父は京都にはいなかったと、美和子には伝えて、友人の話した手続きを取ればいいし、母が遺したものをこの父がとやかく言うようには思えなかった。

四条の橋の上で、父は立ち止まった。

「じゃあこのあたりで別れるか」

「そうですね」

「土地のことやが、おまえの好きなようにしたらええがな」

「はい」

「ほなな……、あっ、慎一言うたか、おまえの倅、なんか買《こ》うてやれや」

とポケットの中から一万円札を出して渡そうとした。

「いいですよ」

「そういうもんでもないやろ」

父は強引に正一の手の中へ一万円札を握らせた。そうして、ほなな、と言って人混みの中にまぎれて行った。

自由席に空席を見つけて、正一は缶ビールを飲んだ。朝早かったせいか、そのままうとうとと眠り込んだ。

目覚めると、熱海を過ぎた辺りだった。車窓には暗い闇だけがひろがっていた。ガラス窓に自分の顔が映っていた。その顔がひどく歳を取って見えた。じっと自分の顔を見ながら、どこかあの父に似ているところがあるのだろうかと思った。

ぽつりと、畑の中に点る一軒家の灯りが目に入った。あの灯りの中にも父と母と子と……家族がいるのだろうかと思うと、父を待っていた母の姿が浮んだ。その時の母の表情を思い出すと、決って怒鳴り声が記憶の中でよみがえるのだが、なぜか今は笑っている母の顔があらわれた。父も笑い、少年の自分と三人で土産の鮨を食べている姿が浮んだ。

——そんな光景はありはしなかった。

正一はつぶやいたが、母の笑い顔はそのまま、彼が知らないはずの野球場の応援席にいる若くてはつらつとし、大声を出している母の顔になった。

マウンドには、野球帽を少しあみだにかぶったユニホーム姿の父が立っている。若い母は父の名前を呼んでいるのだろうか、汗が落ちるのも気に留めずに手を叩いている。

まだ自分の存在もこの世にはなく、夢中でひとりの男を見つめている女がいる。マウンドの男は彼を応援する声に、どこか当り前のような顔をして捕手のサインをのぞいている。その不敵に見える表情が女にはかがやいて映る……。

「しあわせだったんだろうな」

正一はつぶやいた。隣りで雑誌を読んでいたサラリーマン風の男が、正一の方を見た。

——変わらなかったのは、あの男だけだ。

岡崎のグラウンドの木陰から歩いて来た恰好が、昔と何ひとつ変わらなかったように、父だけが歩く姿勢を変えないで生きて来たのだろう。そういうふうにしないと、父は生きて行けなかったのかもしれない。

正一は、近頃ふとした時にしのび寄って来るむなしいような感情は、自分自身の中に隠れていた父への憧れの裏返しのような気がした。

美和子と結婚した時も、自分は何があっても家庭を一番に考えようと思った。自分が子供の頃に味わったものを、息子の慎一には味わわせたくなかった。しかし父の生

き方が間違っていると決めつけていた自分に、今夜の父はまったく違ったものを残し
て行った。
あの土地に家を建てて暮して行くことが、ほんとうに自分の望むことだとしたら、
自分はいつかどうしようもない破綻《はたん》に出くわしそうに思えた。
正一は煙草を探した。上着のポケットに手を入れると、紙切れにふれた。取り出し
てみると橋の上で父が渡した一万円札である。
慎一にはこのまま渡してやった方がいいように思えた。息子がそうしたいなら、板
前になるのもいいだろう。美和子は抵抗するだろうが、なんとかしてみようと思っ
た。
膝の上に置いたおじゃこの入った紙包みを持ち直した。上質の和紙に店の名だけが
品のいい抹茶色で描いてあった。
切子の器の色模様が目の奥にひろがって来た。あざやかなあの色彩の中で、生きて
行くことも悪くはないだろう……。その時、正一は、火を点けずにいた煙草を膝の上
に落としたまま口を開けて、その一万円札を見つめた。
――どうして父は、息子の名前を知っていたのだろう。
正一は子供が二人いることは父に告げたが、息子の名前を言った覚えはない。

列車は汐留車庫を通過して、急に速度を下げた。茫然とする正一の横顔に、銀座のいろとりどりのネオンの灯りが映りはじめた。

冬の鐘

調理場の天井に青竹がはすにかけてある。その竹の中央から太い糸が一本さがって、糸の先に見事に肥えた鮟鱇《あんこう》が一匹、斑点まじりの泥土《でいど》色の魚体を揺らしている。

頭からぶらさがった鮟鱇は針金をかけられた口をあんぐりとあけて、ふてぶてしい面構えで眼の玉をむいている。

佐山久治《さやまひさはる》は出刃庖丁を手に、水をかけたばかりの大魚とむき合っていた。

調理場の隅では、大鉢に大根おろしをこさえている妻の由紀子がわずかに額に浮いた汗をぬぐいながら横目で夫を見ていた。

久治は唇を少し突き出して、ちいさな瞳が鮟鱇を見つめている。彼が何かに夢中になっている時に見せる表情である。

久治が唇をすぼめた。さあ仕事をはじめる。そうなると彼には周囲のものが目に入らなくなる。

久治は鮟鱇の口元を左手で摑むと、右手に持った庖丁の刃先を大きなあごに突き刺して、口の形にそって刃先をななめに入れた。そうしてぶらさがった鮟鱇をゆっくりとひと回転させた。血が出るわけでもなく切り口も見えない。庖丁を俎板《まないた》に置いて、刃先を入れた口元を指でまさぐり、切り口に両手の指をさし込んで皮を鷲摑むと、一気に下方に引きおろして行った。布を裂くような音がして、いったん両鰭《りょうひれ》のあたりでつかえた皮はそのままつるりとはがされた。

糸の先には内臓と身をあらわにした魚体が天井の竹をたわませながら揺れている。歌舞伎の衣裳の早替りのようなあざやかさである。

久治は桃色の身に水を二度、三度かけ直して、鮟鱇をくるくると指先で回しながら、血の気をふくんだ肝や胃袋を指の腹でなぞり、洗い場の蛇口につながったホースを魚の口に入れて水道の栓をひねった。胃袋が少しずつふくらんで行く。

——茨城ものかな……。

久治は胃袋のふくらむ頃合いを計りながらつぶやいた。

築地市場の問屋・丸越の主人から電話をもらったのは、昨日の午前中である。月はじめに、鮟鱇が手に入らないかと頼んでおいたのだ。

「入ったよ鮟鱇が。よく肥えてるぜ」

「じゃ明日うかがいます」

「二匹あるから、両方を見てからにすればいい」

「いつもすみません」

「いいさ」

電話のむこうの丸越の主人の笑顔が浮んだ。

「どうだい鎌倉は」

「はい、だいぶ寒くなってきました」

「天気じゃないよ。店の景気のことを聞いてるんだ」

「はい、ぼちぼちやってます」

「ぼちぼちか、そのうちまた遊びに寄るよ。かみさんの方は変わりはないか」

「すっかり鎌倉のばあさんになってます」

丸越の主人は久治が鎌倉の裏駅にこの〝はる半〟という小料理屋を出す時に、両親のない久治のために親身になって面倒を見てくれた男である。

〝はる半〟という店の名も、彼がつけてくれた。

「店の名前に、おまえの久治の久を使うのは嫌と言うんだな……」

相談に行って連れてこられた銀座の馴染みの鮨屋のカウンターで、丸越の主人は好物の穴子の骨を嚙みながら言った。

「はい。頼みごとに来て注文をつけているようですみません」

「かまうことはないさ。昔俺の知った店で〝久半《ひさはん》〟というぴりっとした味のおからを食わせる店が根岸にあったんだ。それを思い出して言っただけさ」

二十歳を過ぎてから板前の修業をはじめた久治は、鎌倉の店を出す前に働いていた日本橋の料理屋で丸越の主人に逢った。きっかけは花板が休みをとった十日ばかりのことで、花板に替わってカウンターに出た久治を見て、

「でっけえ板前だな」

と見上げるようにして言った。

「図体ばかり大きくて……」

言葉を交わしたのはそれっきりだったが、或る夜、彼は久治を酒場に誘った。

「何歳《いくつ》になるんだ、おまえ」

「三十五歳です」

「案外ふけてんだな」

「はい」

「生れはどこだい」

「長崎です」

「長崎の、どこだ」

「佐世保です」

普段から無口な久治だが、丸越の主人はそれが気に入ったのか、時々暖簾《のれん》を仕舞う頃に店に顔を見せて酒場や料理屋に誘ってくれた。

久治も主人には素直に話ができた。

長崎の造船所に勤めていた久治の父は、夜勤が多く家で顔を合わせることは少なかったし、まして久治は中学を卒業してすぐに上京して十年前に水害で両親を亡くしていたから、その頃、還暦になった丸越の主人に対して、どこか父を思うような感情が湧いたのかもしれない。

店を出したいという相談も丸越の主人には気がねなく話せた。だが、

「今のままじゃ、お前に店は無理だな」

主人はにべもなく言った。

「自分の腕じゃ無理ですか」

「いや、そうじゃない。おまえにはどこか人生をあきらめているようなところが見え

る。けど、商売をするということは、これでやって行くんだって言う覚悟ってものがいるんだ。そいつがおまえには見えない」

久治は腹の底を見透かされた気がした。

それでも半年後、鎌倉の居抜きの店を見つけたと言って、主人は久治と由紀子を連れてわざわざ下見に行ってくれた。

「鎌倉ってとこは商いのむずかしい土地だ。昔からの商売人がいる。屋敷が多いったって所詮は小料理屋に通うのは土地の人間だ。そこんとこを考え違いしないようにな。味だけじゃ客は来ないが、味が悪けりゃもっと来ない。丁寧に客をひとりずつひろって行くことだな」

八幡宮前の蕎麦屋で、彼は二人を前にしてそう言った。


ボーンと上り座敷の柱時計が鳴った。

久治は骨身だけになった鮟鱇を持つ手を止めて時計の針を見た。二時半である。

「おい、金ボウルの大きいの」

彼は調理場の奥に入った由紀子に声をかけた。

「はい」

鮟鱇の糸を解くと、彼は天井の青竹を引きおろした。由紀子が金ボウルを持ってきた。割烹着の下の赤いセーターが水に濡れている。

「隣りの流しに置きな」

「はい」

由紀子は片方の流しの中の金ボウルに入った鮟鱇の胃袋や肝をのぞき込んで、

「迫力あるわね、この肝。それにしても大きな鮟鱇だったわね。重かったでしょう」

「でもないさ。もう一匹の方は三十キロ近くあった」

「三十キロも」

「丸越のおやじさんも呆れてたよ」

「あのご主人が呆れるんじゃ、よっぽどね。三十キロっていうと何人前になるの」

「三、四十人分くらいだろうな」

「三十人じゃうちの店はあふれちゃうね」

由紀子は目を丸くして鮟鱇を見ている。

「大矢さん、喜ぶだろうね。あんなに鮟鱇鍋が食べたいって言ってたもの……」

由紀子は笑いながら流しを見ていたが、急に顔を上げると、

「いけない南瓜《かぼちゃ》が焦げちゃう」

と舌を出して奥へ行こうとした。その時、床の簀《す》の子《こ》につまずいて前のめりになった。久治は咄嗟に手を出して妻の二の腕を摑んだ。

「気を付けろ」

久治の真剣な顔に、由紀子はおさえていたお腹からあわてて手を離した。その手つきを久治はちらりと見た。由紀子はまた舌を出し肩をすくめて奥へ行った。

久治は仕分けした鮟鱇を水で洗いながら、胃袋を俎板に載せると、ゆっくりと庖丁を入れた。胃袋の中には小指の先ほどの大きさの小石が入っていた。

開いた胃袋を口にあう大きさに刻みながら、久治は今しがた妻が口にした大矢正一の顔を思い浮べた。

短髪の頭に濃い眉、ちいさな目。それに百八十センチは越える巨体は大矢を強面《こわもて》に見せた。久治も百八十センチを越す大柄な身体をしているが、大矢の方が骨太の骨格だった。二人で並んで歩いている姿をうしろから見た由紀子が、

「山がふたつ歩いてるみたい」

と笑ったことがあった。

大矢が初めて〝はる半〟に入って来た時、他の客に遠慮するようにしてカウンター

の隅に座っていたのを久治はよく憶えている。静かな声で酒を注文する姿勢は三年経った今でも変わっていない。

三年前に〝はる半〟に顔を見せていた頃の大矢は、彼の仕事終りが遅かったせいか、閉店間際の十時過ぎに来ることが多かった。〝はる半〟は十一時に閉店する。久治は開店時間もそうだが、店を仕舞う時刻も厳守した。

大矢はカウンターの隅に座ると、肴を注文してからウィスキーのストレートを数杯飲んで、十一時五分前になると立ち上って引き揚げて行った。

「ご馳走さん、おやすみ」

それだけを言う。そんなことが週に一、二回、一年余り続いた。客にお愛想の言えない性格だから、特別何かを話すことはなかった。どんな仕事をしているのか、どんな家庭をもっているかも知らなかったが、大矢を見ていると、仕事を終えて一日が暮れて行くのを確かめているような男の落着きが感じられた。

或る夜、店のカウンターでひとりのサラリーマン風の男が酔いつぶれたことがあった。由紀子が声をかけても男は泥酔していて応えなかった。

「鎌倉の人じゃないのかしら」

由紀子は顔をしかめていた。

〝はる半〟は駅に近いので、客は勤め帰りのサラリーマンが多かった。鎌倉に引っ越して間もないサラリーマンが酔いつぶれて家がわからなくなることが時々あった。

「警察に連絡した方がいいかしら」

由紀子がそう口にした時、大矢が入って来た。彼はカウンターの男をちらりと見て、

「珍しいね」

と笑った。

「どこかで飲んでこられたんでしょうけど、いくら起こしてもだめなんですよ」

その時男がカウンターに腕をのばした拍子に、そばのグラスが転がった。ビールがこぼれてグラスが床に落ちる寸前に大矢が受け止めていた。

「おじさん、もう帰んなきゃ」

大矢が低い声で言った。

「いいですよ。自分があとでやりますから」

久治が言うと、

「大丈夫だ。よく見かける人だから、俺が連れて帰るよ」

「お客さんに迷惑になりますから」

「おやじさんのような大きな人が客をつまみ出すと、面倒なことになるよ」

クスッと笑い声がした。見ると由紀子が手を口に当てて笑っていた。

「奥さん、何か俺可笑《おか》しなことを言いましたか」

「ごめんなさい。そんなことありませんが、お客さんもうちの夫《ひと》と同じくらい大きい身体をしてるもんだから」

「そうか、そりゃもっともだ」

大矢が頭を掻《か》いた。

その夜以来、久治も由紀子も彼に対して他の客とは違った印象を持つようになった。

「洗い物が片付くまではゆっくり飲んでていいですよ」

久治は大矢にだけはそんな言葉をかけるようになった。それでも彼は定刻に店を出た。

いつの間にかカウンターの隅の席が大矢の席になった。久治は大矢があらわれる十時近くになると、カウンターの隅の席を空けておいてやった。

去年の夏頃から、大矢は日曜日の夕暮れに数人の若者とやって来ることがあった。

仕事帰りではなさそうだった。

それが草野球の試合の帰りとわかったのはほどなくしてからだった。

大矢たちはいつも上り座敷に座った。

五人も座れば一杯の狭い座敷に、大矢たちは六、七人で座った。笑い声が絶えなかった。

どんな仲間の人たちかと久治は思った。カウンターの中で仕事をする彼の耳に、

「大矢さん、やっぱり五回がピッチャーの替え時だったかな」

と大矢と同じ歳くらいの男の会話が聞えた。

「そんなことはないよ。加藤はうちのチームのエースだから、完投してもらわないと」

「エースだなんて、からかわないで下さい」

若い長髪の男が照れたような声を出していた。

——野球チームの仲間か……。

大矢が野球をするとは意外だった。久治は自分も中学生までは野球をしていたから、大矢がどんな野球をするのか見てみたい気がした。

或る夜久治は客が大矢ひとりの時に、

「野球をなさるんですね」

と聞いた。

「ああ、この間の連中とね。草野球ですよ」

「お好きなんですね」

「うん、少しね。おやじさんはするの」

「ええ、昔田舎でやってました」

「そう、その身体だものね」

「これは野球の身体じゃないんです。でも野球は好きでしたよ」

「いいよね、野球は」

「本当ですね」

「春になったら一緒にやりませんか」

「迷惑かけちゃうから」

そんな会話をしてから一年が経つ。その大矢の野球チームの、今日が今年の最終戦だった。夕暮れから〝はる半〟で彼等は今シーズンの納会をする予定になっていた。

久治は金ボウルから鮟鱇の肝を両手でかかえて、俎板の上に置いた。

でっぷりと肥えた肝は、艶のある桃色の表面が板に吸いつくように揺れてひろがった。指で表面をなぞると、はね返すようなぷりぷりとした張りがあった。

半分は酒蒸しにして、残りを鍋に使う。庖丁を入れると、肝はゆっくりとふたつに分れた。

電話が鳴った。

「はい、〝はる半〟でございます。あっサチコさん、昨日はどうもありがとう。そうなのよ。だから私が言うように皆して行けばよかったのよ……」

妻の明るい声が聞えた。

由紀子は鎌倉に来てから、明るくなった。出逢った頃は、人見知りをする性格だと思っていたのだが、所帯を持って、自分たちの店を出そうと決めてからは、共働きを一度も苦にしたことはなかった。昼はスーパーのレジ係をやり、夜は向島の料亭の仲居をして、金を貯えるために黙々と働いてくれた。自分に似て無口な気質《たち》だと思っていたが〝はる半〟を鎌倉に構えると、いつの間にか同じ歳の女友だちをつくり、近頃ではその連中とお茶を飲むような会をこしらえて、火曜日の定休日には遠出をしたりしている。

運転免許も由紀子から取りたいと言い出したし、今春からはなにやら町内会の委員にもなっていた。元々そんな面があったのかも知れない。

由紀子には気軽に声をかける店の客は多い。

——安いことを客に言わせるなよ。

店を開く前に久治は由紀子に言った。それもちゃんとわきまえている。

出逢った頃のあのぎこちない笑顔がどこかに失せて、愛嬌のある笑顔に変わっている。

「女将さんのその笑顔が見たくてね」

そう言う客もいる。

今年の夏のはじめに由紀子は浜松の実家へ妹のお産を手伝いに戻ったことがあった。

鎌倉駅から真っ直ぐ店に着いた由紀子の顔が日焼けして光っていたのを見て久治は驚いた。

「妹のお産が案外と楽だったから、同級生たちと海へ行っちゃった。真っ黒でしょう」

照れたように笑う妻を見ながら、白い夏帽子と彼女にしては珍しく白いワンピースからむき出した肌が三十五歳とは思えないほどまぶしく見えた。

「女将さん、そうしてると若いね」

客も同じことを感じたらしい。

その夜、久治は由紀子の裸体を見た。薄明りの中で自分の身体の下に恥ずかしそうに目を閉じている女は、夏の海に漂う活力の精を浴びてきたのではと思えるほど若々しかった。一瞬ひるんでしまいそうになった。

「四時になったら花屋へ行って来ていいかしら」

中暖簾越しに由紀子が顔を出した。

久治は由紀子の顔を見ずに返答した。

「かまわないよ。南瓜の方はどうだ」

「とろ火にしました。それと大矢さんの人数十二人でいいのかしら」

「十二人と言ってたな」

久治は大矢の野球チームの顔ぶれを思い出しながら人数を数えた。

「十四、五人分にしといた方がいいな」

「そうね、応援の人もいるかも知れないものね」

裏木戸を叩く音がして、由紀子が返事をした。八百屋の小僧の声がした。

木戸が開くと、十二月の風に乗って南瓜の煮えた甘い香りが店の中に流れ込んだ。時計を見ると、三時を少し回っている。

――今頃はまだ奮戦中かな。

今日の試合に久治も誘われていた。正直なところ参加したかった。だが先月邪魔をして、すぐにまた行くのは気が引けた。

しかし野球をできた一日は久治にとって何年振りかに味わう楽しい一日だった。

「佐山さん、来月うちの草野球に一緒に出てくれませんか」

小町通りにあるバーのカウンターで大矢は唐突にその話を切り出した。

その夜が大矢と外へ飲みに出かけた二度目の夜であった。それまで久治は〝はる半〟の客の誰とも出かけたことはなかった。

一度目はたまたま大町に出かけて、大矢とばったり出くわした。

由紀子の友だちが大町にレストランをオープンしたというので、彼女に誘われて挨拶に行くと、そこに大矢がいた。

なんとなく二人でバーに行った。その時の勘定を久治が持ったので、二度目はご馳走のお礼にと大矢に誘われた。

「野球はもう二十年近くやってないから、迷惑をかけるでしょう」

「そんなふうに思わないで、皆遊びで楽しくやってるだけですから」

断りづらかったせいもあるが、半分は大矢となら野球をしてもいいような気持ちがあった。

「じゃ見学だけでも行きましょう」

「そうですか。ユニホームは用意しときますから……」

大矢に野球を誘われた翌週、久治は由紀子と横浜に出かけた。一緒に休みの日に出かけるのはひさしぶりのことだった。

「映画でも観たいわね」

横須賀線の電車の中で由紀子は嬉しそうに言った。

「そうだな、何か面白いのをやっていたらな。恋愛もんはかんべんしてくれよ」

「わかっています」

佐世保から上京して来て、唯一の楽しみは映画館に行くことだった。休日になると洗濯物や片付けを済まして、浅草や錦糸町の映画館に行った。一日三本も観ることがあった。映画館のシートだけが自分の世界に浸らせてくれた。

由紀子と同棲をはじめた佃島の時代、二人して映画を観によく日比谷へ出かけた。

横須賀線を横浜で降りて、そこから電車を乗り換えて関内駅で下車した。馬車道を由紀子と歩きながら映画街の看板を見て回った。面白そうなアクション映画がかかっていた。上映の区切りまでには小一時間あった。

「ちょっとデパートへ行こうか」

「何か買い物でもあるの」

「うん、ちょっとな」

「そう、なら私も冬物を見てみたいわ」

由紀子とはデパートの入口で待ち合わせることにした。

久治はエレベーターに乗って五階のスポーツ用品売り場へ行った。

三十分ほどして待ち合わせの場所へ戻った。

「何を買ったの」

「ちょっとな」

由紀子が紙袋を見て、小首をかしげた。

久治は映画を観ている間も膝元に置いた紙袋が気になって、時々袋の紐を握ってみたりした。

山下公園の近くのレストランで食事をして、扇ガ谷《おうぎがやつ》のアパートに戻った時刻には、秋の月が夜空に浮んでいた。

風呂から上って、久治はデパートの包みをあけた。

「グローブを買ったんですか」

「ああ」

「大矢さんの草野球に行くのね」

「うん」

「そう言えば私、昔あなたが野球をしているところを見たことがあるわ」

「俺が野球を」

「ええ、両国の横網町《よこあみちょう》公園であなた皆と野球をしてたわ」

「ああ、そんなことあったな」

「私あの時、あなたが器用なんだって感心したのを憶えているもの」

由紀子はグローブを見ながら微笑んでいた。

床についてからも、水屋の上に置いたグローブが気になった。

「何を見てるの?」

隣りに寝ている由紀子が聞いた。

「何も……」

「大矢さんって、いい人ね」

「どうしてそう思う」

「わからないけど、そんな気がするの。若い頃のあなたに似てるところもあるし……」

「同じ歳だぞ」

「そうだけど、なんとなく似てるのよ」

闇の中の由紀子の表情が見える気がした。ほどなく寝息が聞えた。

久治は顔を手でなぜた。すると指先から革の匂いがした。グローブに入れっぱなしにしていたせいだろう。その匂いから、遠い記憶がよみがえった。か細い声であった。

「父ちゃんも母ちゃんも一生懸命働いとるが、この始末じゃけえ……、おまえにも我慢をしてもらわんことにゃ」

それは十年前に水害に遭って死んだ久治の母の声であった。母は済まなさそうに畳に目を落として言った。佐世保の中学の野球部に入部した時、自分のグローブを持っていなかったのは彼ひとりだった。グローブが欲しいと頼んだ夜、母は生れたばかりの妹を抱いてそうつぶやいた。

その母も妹も水害で死んでしまった。

——俺はこうして生きていられるのだから、しあわせなのだろう。

由紀子が何か寝言を言って寝返りを打った。

久治は由紀子の寝息の中で目を閉じた。


野球の当日、大矢は鎌倉の裏駅に車で迎えに来てくれた。

「やあ、待たせたかな」

「いえ、今着いたところです」

車の中の大矢はすでにユニホームを着ていた。

「昼間逢うと、いつもの佐山さんじゃないみたいですね。それに身体が大きいや」

大矢は助手席から、うしろの久治をふりむいて言った。それは久治も同じ気持ちだった。

「佐山さん、ポジションは希望がありますか」

「いいえ、今日は見物でいいですよ」

「そうはいきません。セカンドはどうですか」

「かまいませんが、迷惑をかけないかな」

「大丈夫ですよ。そうだ、うちの会社の加藤といいます」

「加藤です」

「一度お店で……」

「はい」

「うちのエースなんですよ」

「また、からかわないで下さいよ。社長」

社長と呼ばれる大矢を見るのも初めてなら、勿論ユニホーム姿も初めてだった。野球帽をかぶっている大矢の横顔は、どこか新鮮に見えた。

昨夜久治は、野球のことを考えるとなかなか寝つけなかった。夜半に二度起きて、酒を飲んだほどだった。

鎌倉山のふもとの笛田にあるグラウンドはよく整備のされた小綺麗な球場だった。

久治は大矢から渡されたユニホームにベンチで着換えた。

ユニホームを着てグラウンドに出てみると、どこか足が宙に浮いているような気がした。

「佐山さん、キャッチボールをしましょうか」

大矢が声をかけた。

「少しだけ走りましょうか。体操もちょっとしておいた方がいいでしょう」

久治は大矢と並んで外野まで、ゆっくりと走った。

「どうですか気分は」

大矢が久治に言った。

「えっ、何がですか」

「いや、ひさしぶりのグラウンドの感触は」

「緊張しますね」

「そうですよね。でもいいもんでしょう。外の空気を吸うのは」

「本当ですね」

二人は外野のグラウンドでキャッチボールをはじめた。

山なりのボールが久治の胸元に落ちて来た。グローブを差し出して摑もうとすると、新しいせいかボールが飛び出してしまった。久治はあわててボールを拾い上げると、大矢にむかって投げ返した。しかしボールはすっぽ抜けてまるで見当違いの方角に転がった。

「あ、すみません」

「いいですよ。佐山さん、最初から無理しないで下さい」

「ええ」

しばらく投げているうちに勘を取り戻した。

「ナイスボール。佐山さん、いいじゃありませんか」

彼に誉められると照れくさい気がした。

大矢はボールを投げる時、いつもサイドスローで投げていた。

ゲームがはじまると、久治は夢中になった。初回にセカンドのポジションに着いた時、自分の足が震えているのがわかった。

構えていると、打者のボールが皆自分のところに飛んでくるような気がした。

最初のゴロを無事にファーストに送球できた時、センターを守っている大矢から、ナイスプレーと声がかかった。

久治はセンターをふり返って、大矢に手をあげた。彼も大きくグローブをあげて応えた。

大矢はセンターから、野手たちにさまざまな声をかけていた。

「ひとつアウトを取ればいいぞ」

「一点はくれてやれ」

「加藤、力むなよ」

聞いていると、大矢以外の野手が生徒のようで可笑しかった。

ベンチに戻ると、大矢は下敷きを付けた紙に何かをメモしていた。熱心なのだと久治は感心した。

久治の打撃の方は打席が三度回って来て、最初が三振、二度目がファーストフライ、そして三度目はボールに慣れたせいもあってか、ランナーを三塁に置いて、一、二塁間にヒットが打てた。

夢中でファーストキャンバスを走り抜けると、息が切れた。しかしベンチのナインが拍手をしている姿を見ると、ほっとした気持ちとともに嬉しさがこみあげて来た。

ゲームの方は、最終回に大矢が右中間にライナーの二塁打を放って逆転をした。四対二で大矢のチームは勝った。皆飛び跳ねていた。

二時間があっという間に過ぎた。

ゲームを終え整列して挨拶をすると、ユニホームの下は汗だらけだった。

ベンチに腰をかけて汗をふいた。鎌倉山の方から心地良い風が流れて、久治の頬や背中を撫でた。

風の行方を見ると、鎌倉の山々は秋が終るのか、濃灰色にかすんでいた。久治は鎌倉に引っ越して来てから、こんな場所へ来たのも初めてなら、こんなゆったりした気分で季節を感じたのも初めてのような気がした。

「どうもお疲れさんでした」

ふりむくと大矢が缶ジュースを手に立っていた。

「ビールじゃなくて申し訳ないけど」

「いいえ、自分の方こそ楽しかったですよ」

「ナイスバッティング」

大矢が久治の打撃に乾杯するように缶をかかげた。

「まぐれですよ。しかし大矢さんのバッティングは驚きました」

「出会い頭ですよ。そうそう、このあと、すぐ近くの蕎麦屋で簡単な祝勝会をやるんです。よろしかったら少し寄ってもらえませんか」

店の準備は午前中に済ませてあった。

「そうですね、少しだけお邪魔して……」

蕎麦屋で久治は大矢から、ナインに紹介された。立ち上って、頭を下げると拍手が起こった。恥ずかしいような気がした。

大矢は座敷の隅で笑っていた。

その夜、大矢は〝はる半〟に顔を見せた。草野球を半日共にしただけなのに、幼い頃からの友人のように思えた。

彼はいつものようにカウンターの隅で黙ってウィスキーを飲んで引き揚げて行った。

俎板の上に鮟鱇の七つ道具がすべて、切り分けて載せてある。

「大皿」

「はーい」

「鍋を出しておけよ」

「鍋は紅葉の絵柄ですか、それとも」

「梅の方にしてくれ」

「もうすぐ春ですものね」

顔は見えないが、由紀子が笑っている気がした。

二十年近く一緒にいると、その明るさが素直に受け取れなくなる時がある。久治のその勘は外れていないような予感がする。

——何か心配ごとがあるから、あいつはつとめて明るくしている気がする。ひょっとして……。

先月の終りの定休日の前日だった。

深夜、由紀子はテレビの画面をじっと見ながら、

「子供をこさえてはいけないかしら」

と言った。

久治は新聞を読んでいた目を由紀子の背中にむけた。

「なんだって」

「子供……」

由紀子はじっとテレビを見ている。息を止めているようなその背中が彼女の真剣味を伝えた。

「できたのか」

久治はテレビと妻の背中を交互に見て聞いた。

「違うの、私今年で三十六歳でしょう。もう去年から四捨五入をすると四十歳なのね。ほら、この夏妹のお産で浜松に帰ったでしょう。妹は三人目だし、何か簡単に子供を産んだのよね。『じゃ姉さん、私病院に行ってくるから』って、それで夕方にはもう生れたんだもの。もし産むとしたら今しかないような気がするの。いいのよ、あなたが子供が欲しくないのなら……」

久治は黙って妻の背中を見ていた。どう返答をしていいのか、わからなかった。過去に由紀子は久治の子供を一度堕《おろ》したことがあった。まだ出逢ってまもない頃、酒に酔った久治が無理矢理彼女を抱いた。由紀子はすぐに妊娠した。二人とも子供を養える状態ではなかった。その時の嫌な感情を彼は忘れていない。

「子供が欲しいのか」

久治はちいさな声で聞いた。

「欲しいのかって言っても、私だけが欲しいんじゃ、生れて来る子が可哀相だもの」

由紀子の返事の仕方には、どこか久治の返答を予測していたような感じがあった。あれから、子供の話は口にしていない。しかしこの頃どこか気になることが、由紀子の態度にあった。

ハミングが聞えて来た。

鍋を洗いながら、歌っているのだろう。以前は調理場で歌を口ずさむような女ではなかった。久治が気づかなかったのかも知れないが、由紀子にはこんな明るさはなかった。

「あっ、いけない、四時になってる」

調理場の奥から、あわてたような声が聞える。

「すみません。お花買って来ます」

顔を出した妻を久治はじっと見つめた。

「何ですか？　顔に何かついてます」

「いや、何も……、頼みたいことがあったような気がしたんだ。鍋に昆布は入れたのか」

「ええ、さっき。何？　思い出せないの」

由紀子はそう言いながら、分厚いコートを着込んでいる。丈夫が取り柄と彼女が言っているように、由紀子は風邪をこじらせたこともない。冬でも薄着で平気な方だった。

それが目の前で靴下の上に、スキーソックスのような毛糸の半靴下を重ねている。

「いやだ、何か変なところがあるの」

由紀子は怪訝《けげん》そうな顔で言った。

「そうだ。七味唐辛子が切れそうなんだ」

「なんだそうか」

裏木戸から自転車の走り出す音がした。

——思い過しだろうか。

背後で酒蒸しした鮟鱇が湯気を上げたので、久治は考えるのを止めた。ラップに包んだ肝の半分は固くなっている。水で冷やしてから、濡れふきんでつつんだ。

大皿の上に鮟鱇を盛って行く。

――少し多過ぎたかな……。

ゆうに二十人前はありそうだ。野球のあとだから皆腹を空かしてやって来る。あっという間に平らげてしまうだろう。

――試合は勝ったのだろうか。

大矢がいるのだから大丈夫だろう。負けて店に来るより、やはり勝って気分良く過して欲しい。

「大矢さんがいるのだもの、心配ないすよ」

若い加藤の声と天然パーマのちぢれっ毛の頭髪が思い出された。

加藤がガールフレンドと〝はる半〟にやって来たのは、久治が草野球に参加した次の週だった。

二十歳になったばかりの加藤と、もう一緒に暮しているという十八歳の女の子がカウンターに座った。

「今夜は社長はいないんだ。名古屋に出張なんだよ」

加藤は腰かけると、そう言って久治にウィンクした。

その夜、加藤の口から大矢の意外な話を聞いた。

「でも馬鹿みたい。日曜日の休みのたびに会社の野球に出かけるなんて」

女の子は頰をふくらませて、不満そうに言った。

「いいんだよ。俺は野球をしていて楽しいんだから」

「他の子は海へ行ったり映画を観に行ったりしてるのよ」

「じゃそういう彼氏を探せばいいじゃない」

ピッチングに似て、強気な性格である。

「うちの社長はね、名選手だったんだぞ。おまえなんか知らないだろう」

「知らないわよ。野球ってつまんないもの」

加藤は酔っ払っていたが、口にしていることはしっかりしていた。久治は名選手という言葉が気になった。

「社長はね、Y高でエースだったの。しかも四番打者のスラッガー。わかるか、エースでスラッガー。プロ野球のドラフトにもかかったんだから……」

「それがあんたが休日のたびに野球に行くことと、どういう関係があるのよ」

「わかっちゃいないな、おまえは」

「ぜんぜんわからないわよ」

「本当にわかっちゃいないよね、おやじさん」

久治は苦笑しながら、加藤を見ていた。

「じゃどうしてプロに行かなかったのよ」

「そりゃ俺もよく知らないけど、今入院している社長の妹さんが『兄さんが野球をあきらめたのは私のせいなの』と話していたから、そうなんじゃない。俺のおやじなんか社長がY高の大矢正一って言ったら、驚いてたもの」

久治は二人の会話を聞いていて、あの日グラウンドで見た大矢のユニホーム姿がどこか他の選手と違っているように感じた理由がわかった。そんな過去を口にしない大矢を久治は好ましく思った。ただ加藤が今しがた言っていた、大矢の妹が入院している話、そして、兄さんが野球をやめたのは私のせいよ、と言った言葉が気になった。

加藤が引き揚げてしばらくすると、店の電話が鳴った。大矢からだった。

「日曜日はどうもお世話さまでした。いいえ、もう仕舞うところですよ。明日ですか。小町のあのバーですね」

翌日、由紀子は鎌倉の友人たちと国府津の方へ午前中から出かけて行った。

久治は午後から扇ガ谷のアパートを出て、鎌倉駅まで歩いて行き、横須賀線に乗った。

ひと駅先の逗子で下車した。駅前の商店街を通り住宅街を抜けて、海へ出た。

鎌倉に引っ越してから、久治は時々ひとりで逗子の海へぶらりと来ることがあった。鎌倉では店の客に逢いそうな気がした。小料理屋の板前が昼日中から海をぼんやり眺めている姿を見れば、誰だっていぶかしく思うに違いない。

もうそこまで冬は来ているのに、その日の海は、ひさしぶりの陽差しに春のように光っていた。久治は鎌倉の由比ヶ浜や材木座の海辺より逗子の海が好きだった。ちいさな入江だったが、ちいささゆえのあたたか味があった。

錠をかけられたボート小屋の隅に転がった丸太の上に腰を下ろして、ぼんやりとしていた。

何も考えず、何もしないで過すことができたら、どんなにいいだろうかと、久治は近頃思う時がある。

店を出した当時はがむしゃらでそんなことを考える余裕もなかった。それが五年たって、店もようやく安定して来たのに、四十歳を過ぎた頃から、自分の背後に誰かが忍び寄って来ているような、おぼろ気な不安に襲われることがあった。

久治は目を閉じて、石塀にもたれた。閉じたまぶたの上から、陽差しがきらめきになって頭の芯に届く。

――何も考えなければいいのだ。

久治は自分に言い聞かせるようにつぶやいた。そうしていつの間にかうとうととしていた。

目覚めると、陽は少し小坪の方に傾いていた。久治は立ち上ってズボンの砂をはらうと隧道《ずいどう》を抜けて、駅へ続く道を歩き出した。

カーン、カーンと乾いた音が耳に届いた。音のする方角へ近づいてみると、そこは狭いグラウンドの中で高校生たちが野球の練習をしていた。五十人ばかりの選手が白球を追って、高い塀のさらにまた上までかけられた金網の中で、バッティング練習をしている。

どの顔も真剣である。それが久治にはうらやましく思えた。

二十数年前に佐世保の中学のグラウンドで野球をしていた自分の姿が金網の中の選手たちと重なった。

――ずっと野球をしていれば、自分の人生はどうなっていたのだろうか。

久治はちいさなため息をもらした。

大矢と待ち合わせた小町のバーのドアを久治は約束の三十分前に開けた。大矢はもうカウンターに座っていた。

「お待たせして」

「今日は出張帰りで会社には戻らなかったものだから」

「じゃお疲れでしょう」

「いや、こちらこそ休みに呼び出したりして」

二人がグラスで乾杯をした時に、サラリーマン風の男が三人店に入って来た。

「今夜お誘いしたのは、ちょっとお願いがあったんです」

大矢は口元をゆるめて言った。

「なんでしょうか」

「実は十二月の第一週にうちのチームの最終戦があるんですよ。最終戦の後でいつも納会をするんです。それを〝はる半〟でさせてもらえないかと思いまして」

「かまいませんよ、喜んで」

「そうですか、助かったな。それで佐山さんは最終戦に来てもらえないかな……」

その時、カウンターのむこう隅に座った男が、大矢じゃないか、大矢正一だろう、と大声を出した。先刻の三人連れの一人だった。

「Y高の大矢正一だろう。俺を憶えていてくれてるかな。H二高のショートをしていた田代だよ。ほら夏の甲子園の予選の準決勝であたった」

大矢は、そうですか、と言って頭を下げた。

「どうしてるんだ。プロ野球に行かなかったんだってな。惜しいよな」

男は連れの二人に大矢の自慢話を聞えよがしにしていた。久治が大矢を見ると、彼は少し眉をひそめていた。

「悪いね」

カウンターのマスターが口を近づけて言った。

「かまわないさ」

「大矢、俺の酒を一杯飲んでくれ」

男が手を上げて言った。

大矢は黙って、差し出されたグラスを隅の男にむかってかかげた。

久治はそんな大矢を見て、やはりこの男の方が自分より大人のような気がした。

男たちが引き揚げると、マスターが詫びを言った。

「スターだったんですね」

久治が言うと、

「神奈川の田舎の、その年だけの卵ですよ」

「卵ですか」

「そう、毎年高校野球は卵をこしらえるんですよ、何十個、何百個の数のね。こいつも卵だったんですよ」

大矢がカウンターの中のマスターを指さした。

「俺はすじ子みたいな卵ですよ」

髯をはやしたマスターが笑った。

「ボクシングのね、東日本の新人王だったんですよ」

「毎年何人も新人王は出るんですよ」

「そこからチャンプはひとりだしな」

大矢が言うと、

「いや、ひとりも出ない年もある」

「まったくだ」

「どんなスポーツの世界だって、チャンプになろうと思えば、実力だけじゃ駄目だな、やっぱり運がなけりゃね」

マスターが言った。

「運があってもむずかしい時もありますよ」

思わず久治は口をはさんでいた。

「運以外に必要なものって？」

マスターが久治に聞いた。

「生れ持った星かな、のぼって行く奴は、初めっからきらきらしてるんです。そいつがそこにいるだけで、なんかこう明るくなるような……」

大矢が久治をじっと見た。

「佐山さんは何かスポーツをしてたの？」

マスターが聞いた。大矢の視線も久治に注がれていた。

「つまらないことを少ししてたんです」

「何ですか？」

大矢が真顔で言った。久治はしばらく黙ってから、

「相撲ですよ」

と低い声で言った。

「プロの？」

「ええ、身体が大きいだけのふんどしかつぎでした……」

そこまで言って、久治は板前の修業時代でさえ誰にも話さなかった自分の過去を、この二人の前でさらりと言えたことが不思議だった。

「そうだったんですか」

大矢は久治を見て、うなずいていた。

「どうりでどこか違うと思ってたんだ」

「口にするようなことじゃありませんし、私の相撲の話は……、もうよしましょう」

「そうだね。でもおかしなもので、私は今でも高校野球の選手だった頃の夢を見るんですよ。この歳になった私が高校のユニホームを着てマウンドに立とうとしてるんです。人に話すと笑われてしまいそうな夢ですよ」

大矢が言った。

「そんなことはないさ。俺だってリングに立ってコーナーに追いつめられてる夢は見るさ。もう汗だくで目覚めるんだ。たまんないよ」

「相撲の話を人にしたのは、初めてなんです。近頃、私は本当は野球の方が自分には合ってたんじゃなかったかと思うんです」

「そんなに好きだったんですか」

「ええ、中学の野球部にいたのを無理矢理東京へ連れて来られましたから……。最後に相撲部屋を飛び出した日をよく憶えてます。雨の日でね。行くあてもなくて、歩いているうちに両国のある中学校のグラウンドに傘をさして立っていたんです。用務員さんに注意されるまで自分がどこにいるのかもわからなかったんです。ただその時、自分の草履からはみ出した足を見て、こんな象みたいな足じゃもうグラウンドには帰れないと思いました。せつなかったな……」

久治は自分でも驚くほど素直に、閉じ込めておいた過去を話すことができた。

「スポーツでこさえた傷はなかなか消えないからね。痛いとか、辛いとか肉体が記憶してるからな。でも過ぎてしまえばささいなことなんだろうな。その頃自分にとってこれがすべてなんだと思ってたものが、時間が過ぎると、可笑しくてしようがないこともあるものな。消せない忘れられないは、ひとりで思い込んでるだけだもの」

マスターがうなずきながら言った。

「そうだろうな、皆いっぱしの顔しているけどな」

大矢が言った。

マスターは他の席に行った。

「相撲の話ができると思いませんでした」

久治は手の中のグラスを見つめて言った。

大矢は久治にむかってうなずき、ウィスキーをまた飲み干した。そうして彼は妹の話をはじめた。


カウンターの上に鮟鱇を盛り付けた大皿が載っている。鍋からはとろ火の炎に出し汁の湯気が仄《ほの》かに立ちのぼっている。座敷とカウンターに小皿とグラスが並べられて、店の中に南瓜の甘い匂いが漂っている。

久治は酒蒸しにした鮟肝を人数分だけ庖丁で切って行く。

花を買いに出かけた由紀子はまだ戻って来ない。

――またどこかで立ち話をしてるのだろうか……。

嬉しそうに口に手を当てて笑っている由紀子の顔が浮んだ。

久治は鮟肝を切り終えると、調理場の奥に中皿を取りに行った。大鍋の中では、南瓜が山吹色のやわらかそうな身を寄せ合っている。おろした大根が鉢の中に雪のようになったまま置いてある。

由紀子が戻れば紅葉おろしをこさえる。

五年前なら、下準備が遅いと平気で由紀子を怒鳴りつけていた。それが近頃は間に合えばいいと思うようになった。

仕事に熱がないのではない。それでなんとかなっているなら、感情を荒だてない方がいいように思えて来た。

調理場の棚の置時計を見た。五時十五分前である。あと十五分すれば大矢たちがやって来る。

——どんな顔で入って来るだろう。

中皿を手にカウンターに戻ると、久治は店内の灯りを点けた。店の柱時計は五時二十分前である。

——どっちの時計が合ってるんだ。

鮟肝を盛り付けて、カウンターに置いた。あとは由紀子が戻って来て、残りをやってくれればいい。準備はすっかり終った。

久治はポケットから、ショート・ホープの箱を取り出して、掌の中で器用に煙草を回しながらカウンターの外へ出た。

座敷の上りがまちに腰を下ろして、煙草に火を点けた。カシュッとライターの音で、手の中が明るくなる。ひと口ゆっくりと吸って、煙りを吐き出すと、糸を引いたように煙りは静かに店の中を流れ出す。

──そろそろ暖簾をあげようか……。

久治は表戸のかもいにかけた麻暖簾を見つめた。

〝はる半〟の〝半〟の文字だけが垂れて、〝は〟と〝る〟は竹にかかったままである。

麻地に紺で染めぬかれた文字。この暖簾は去年の暮れ、五周年の祝いにと築地の丸越の主人が贈ってくれたものである。

「五の次は七だ。十とか先のことは考える必要はない」

おやじさんはそれしか言わなかった。そう言えば三年目の時は、三の次は五としか言わなかった。

「どうして久《きゅう》の字が嫌なんだ」

一度おやじさんに聞かれたことがあった。

相撲部屋に入って、最初につけられた呼び名が久治《ひさはる》をキュウジと読まれ、いっそのこと給仕に字を変えろとからかわれて、チャンコ番ばかりをやらされた。あの頃流行《はや》った漫画から〝Q太郎〟とも呼ばれた。八年いて一度もまともに名前を呼ばれなかった。最後の方は、入門したての若い力士に〝九《きゅう》〟と呼ばれたこともあった。

しかし考えてみれば、誰も皆まだ子供の年頃だったように思う。呼び捨てにした兄弟子たちでさえ、二十歳そこそこだったはずだ。今は皆ほとんどが次の人生を送っているのだろう。

すき間風が入っているのか、暖簾はかすかに揺れていた。〝半〟の文字が色あざやかである。

丸越のおやじさんはあの日、半紙に女文字のような筆跡で、〝はる半〟と書いたものをひろげて、

「〝はる半〟だ。久治の治をとったと思ってもいい。引き出しはな〝めでたさも中くらいなりおらが春〟って俳句があるんだ。俺は勝手に、めでたいことも何もかも半分くらいが身のほどって解釈をしたんだ。春の半分くらいのあったか味で店をやって行け」

「はい、わかりました」

「いや、わかっちゃいめえ。そんなに簡単にわかりはしめえ。いいか、おまえは腕も経験も何もかもが半人前だ。全部合わしても半人前だから、残りの半分は正直で足して行け。久治って人間が半人前だと憶えて仕事をしな」

「いい名前じゃない、あったかそうで」

声を出した由紀子に、

「おまえたちは二人で足して、ようやく一人分だろうから、どっちかが欠けたら店は終りだって思えよ」

と鋭い目付きでおやじさんは言った。

——まったく、そうだな。

いや、半分同士じゃないかも知れない。

あの相撲部屋を飛び出した日、中学校の正門の前で由紀子は傘をさして俺を待っていた。部屋の力士の〝追っ掛け〟の若い女たちの中で、由紀子は力士たちからも相手にされないような暗い感じの女だった。二人で隅田川沿いを歩いていたら、

「私、ずっとあなたを見ていました」

と立ち止まって言われた。

それからずっと今日まで続いた。この程度の女と暮すというのが自分には似合いだと人生を流されるままにしているような……、これでいいのだ、といういい加減なところもあった。なら半々じゃなくて、俺は一分か二分しか足しにならなかっただろう……。

久治は立ち上って時計を見た。あと五分で五時である。

「ただいま、遅くなっちゃって」

由紀子の声が裏木戸でした。

「急がないと間に合わないぞ」

「はーい」

永い返事が戻って来た。そうして花瓶に活けた花をカウンターの端に置いた。

「綺麗でしょう。水仙っていいよね」

由紀子は萩焼の花瓶にさしたラッパ水仙を眺めている。

――急ぐ気はないのか……。

それが言葉に出ない。

「ねえ、大矢さんたち勝って帰ってくるかな」

由紀子が目をかがやかせて聞いた。

「勝ってくるさ」

「そうだね」

二人はそう言ってカウンターの中に入った。

「佐山さん。私には三つ違いの妹がいるんですよ。その妹の趣味が、野球のスコアブックをつけることなんですよ。私も変な趣味だと思うんですがね。彼女が中学生の頃からはじめたんですよ。私の試合をずっと外野席に座って見てたんです。私、妹のスコアブックが好きでしてね。家に帰ってそのスコアブックを見るのが楽しみだったんです。ピンチやチャンスのあった緊迫した試合が一枚の絵みたいに見えるんです。投げた一球が、打った一球が皆、記号や線になってつながって、そこに色が付いて絵になってね」

妹の話をする時の大矢は普段とまた違ったやさしい表情をしていた。その表情のまま大矢は彼がプロ球団との契約交渉をしている時に二輪車で事故を起こし、その事故で右肘を骨折し致命傷を受けたことを話し出した。

「右肘の骨がばらばらでね。スカウトはレントゲン写真を見て、すぐにあきらめたようですが……。妹がうしろに乗ってたんですよ。あいつをかばおうとして私が右に転んだと勝手に思い込んでしまったんですよ。まるで関係のない運転ミスだったんです。妹は生れつき心臓が良くありませんでね。『海を見たいって、私が言ったから』って、最後には言い出して……」

「で、もうお具合はいいんですか」

　「うまくありません」

　その時だけ大矢の顔が曇った。

　久治はその話を酒場で聞いた時、仕事に忙しい大矢があんなに熱心に野球を続けているのは、半分は病気の妹のためのような気がした。十一月の笛田のグラウンドで、大矢は紙に何かを書き込んでいた。あれは病室へ見舞いに行って、一投一打を妹に話してやるために書き留めているのではなかろうかと思った。そうに違いない。

　しかし彼がプロ野球へ進んで名選手になっていたとしても、今彼がプレーをしている野球の方が、ずっと素晴らしい野球のような気がした。

　その夜、酒場を出てから、二人で段葛《だんかずら》を歩いた時、大矢は、

「この間相撲の話をなさいましたよね。あの時、相撲の話ができるとは思ってなかった、とおっしゃったでしょう。嬉しかったですよ。笑わないで下さいよ。私、こんな大きい図体してますが、子供の頃犬が怖くてね。道を歩いていて犬がいると、妹が立ちはだかってくれたんですよ。子供なりに身体を張るって言うのかな……。頼りになったんですね、子供の私には妹が」

　と言って苦笑いをした。

「いい妹さんですね」

大矢が立ち止まって、葉桜のすき間に浮ぶ月を見上げた。

「ええ、いい妹です。私ね、自分が野球を続けている限り妹も元気でいてくれる気がするんです」

久治は大きな大矢の背中を見ていた。

妹に話して聞かせてやる試合なら、最終戦も勝って欲しい気がした。


「さあ準備できました」

由紀子が南瓜の大皿をカウンターに置いて声を上げた。

水仙の花のむこうに、うっすらと額に汗をかいた妻が立っている。

――〝はる半〟の半はおまえたち二人が半人前ってことなんだぞ。

丸越のおやじさんの言葉がまた浮んだ。

五時を過ぎた時計を見上げて、首をひねっている由紀子を見て、

――たしかに二人でやっと一人分かもな。

と久治は思った。

「おい」

久治が由紀子を呼んだ。

「はい」

「汗をふいてこい」

風邪を引くぞ……、子供が欲しいんだろう、と続けようと思った時、建長寺の鐘が永い余韻を残しながら聞えてきた。

「五時ですね」

由紀子が笑った。

ガラガラと音を立てて、表の木戸が開いた。

苺の葉

その時ちょうどスクリーンいっぱいに、ひまわり畑が映し出されていなかったら、仲子は男が場内に入ってきたのに気づかなかっただろう。

映画はクライマックスになっていて、戦場に出かけたまま何年も戻らない夫を南ロシアの村に捜しに行った妻が、咲き乱れるひまわり畑を歩いているシーンだった。ほとんどの客は画面に見入っていた。

仲子が男に気づいたのは、場内の明るさもあったが、彼女がこの映画をもう十回近く見ていたせいでもあった。

仲子が初めてこの映画を見たのは二十年前である。保険会社に勤める男と二人で、ロード館で見た。映画を見終った後に立ち寄ったレストランのテーブル越しに男は、

「あんなふうに夫が家を出たまま何年も戻って来なかったら、あなたはどうします

か。やはり帰りを待ちますか」

と伸子の目をのぞくようにして聞いた。男から結婚を申し込まれていた。

「わかりませんわ。その時になってみないと……」

伸子は自分が突慳貪《つっけんどん》にこたえたのを今でもよく覚えている。二十八歳の時だった。母のふみ子が死んだ年だった。

大きな男が入って来た……、そう思ってスクリーンからの反射光に半身が浮び上った男の影をなんとなく目で追っていた。平日の名画座の、それも最終の上映だったから、館内は客もまばらだった。客席はいくつもあるのに、男は最前列の席に腰かけた。

——変わった人だ。

伸子はまた目をスクリーンに移した。すると今しがた座った男の頭だけが、スクリーンの下のラインに鏡餅のように引っかかっていた。

——座高の高い人なのだ。

そう思った途端に、伸子の目はその男の影に釘付けになった。

——ひょっとして修ちゃんでは……、まさか。

しかし広い肩幅といい、太い首と四角に見える頭の形は、〝おざき〟の修ちゃんによく似ている。だいいちあんなに背筋を伸ばして映画を見る人は、そんなに世間にいるものではない。

　あの頃、伸子は弟の哲也と修ちゃんの三人でよく映画を見に行った。一度、新宿へ映画を見に行った時、うしろの席の男が、もう少し頭を下げろよ、と文句を言った。伸子も横目でスクリーンを眺める修ちゃんを見て、正座をしているように背筋を伸ばしている姿勢は少し奇異に思えた。

　すげえ座高だ、声は背後から聞えた。クスクスと忍び笑いが暗闇の中に響いた。その笑い声が、自分の隣りに座る修ちゃんへの嘲笑とわかった。たしかに滑稽に映るところが、修ちゃんの起こすさまざまな行動にはあった。

「今日原っぱにおもしろいおじさんが来たよ」

　弟の哲也が夕刻家に戻ってきて、素っ裸のまま伸子に言った。

「いいから早く風呂に入んなさい」

　ひと回り近くも違う弟の哲也が、その日原っぱで出逢った男の話をした。

　風呂釜の焚き火の加減を見に、庭に出た伸子に哲也は小窓から話しかけた。

「アンパイヤーをさせろって言うんだ」

「アンパイヤーって？」

「審判だよ、野球の」

「ああ審判ね」

「それがさ、すごく大きな声でさ。本物みたいなんだよ」

弟は夢中で、原っぱで見かけた男の話を続けていた。

「ねえ、お湯大丈夫なの？」

「もう熱すぎるくらいだよ」

「そう、手拭いをお湯につけちゃだめよ。母さんが帰って来て入るんだから」

「うん、そのおじさんと常盤橋のたもとで別れたんだけど、商店街の方へ行ったんだ。どこの人なんだろうね。姉さん、知らない？」

「知らないもなにも逢ってないんだから」

「逢えばわかるよ。大きな人だもの」

その夕暮れからほどなくして、伸子は男に逢った。

父の七回忌に長岡から来た叔父を、笹塚の駅まで母と弟で見送りに行った時、古くから商店街の角にあった〝おざき〟という食堂の前で男は夕空を見上げて、煙草をふかしていた。

「おじさん、今晩は」

哲也が大声で声をかけた。

「おっ、ショート・ストップ。お出かけかい」

紺のジャンパーを着て白い前かけをした大きな男が、笑いながら弟に言った。そうして伸子の顔を見ると、黙って会釈した。

前を歩く叔父と母がちらりとうしろをふりむいた。伸子は何事もなかったように、会釈を返して歩いた。

「知ってる人なの？」

「うん、ほら原っぱに来るアンパイヤー」

伸子は哲也の話を思い出して、食堂の方をふりかえった。するともう男の姿は消えて、古い暖簾だけが風に揺れていた。

その頃、伸子の家は区役所に勤めていた父が亡くなって母のふみ子が働きに出て生計を立てていた。子供は伸子と哲也の二人だけだったが、高校生の伸子と違って遅子の哲也は小学校へ上ったばかりだった。

父が生きている間は平凡に思えていた家庭も、母が朝早くから働きに出かけ夜遅くに帰るようになると、弟と二人だけの淋しさに合わせてやはり自分は他の同級生とは違うのだと仲子は考えるようになっていた。

仲子は高校へ進学すると、中学時代に主将までつとめていた好きなバスケット部にも入部しなかった。哲也の世話をしてくれていた叔母が東京を離れたこともあったが、夜遅くに疲れて帰って来て卓袱台《ちゃぶだい》にひとりでぼんやりと座っている母の姿を見ると、自分ひとりが好きなクラブ活動をしてはいられなかった。

仲子は学校からまっすぐ家に戻ると、掃除、洗濯をし夕食の準備をした。辛いとは思わなかった。そうすることがあたりまえなのだと思った。仲子は時々買い物の帰りに、ぶらりと水路のある川のほとりの道を歩くことがあった。

その日もなんとなく、水路沿いの道を歩いていた。

消防署のある塀のむこうから、訓練の笛の音が聞えた。芽を吹きはじめた柳の枝を春にむかう風が揺らして、ながくなった陽が北沢の方へ傾きかけていた。

昔、人絹《スフ》工場があった方角から声が聞えてきた。

——何のかけ声かしら……。

その声に誘われて、仲子は工場の方へ歩いた。

そこには堤を下って少しのところに原っぱがあり、界隈《かいわい》の少年たちが野球をして遊んでいた。声の主は少年たちにひとりだけまざった大きな身体をした男だった。

仲子は弟の姿を見つけた。野球帽をかぶった哲也は仲子の存在など目に入らない様子で、夢中で野球をしていた。

ストライク・スリー、バッラー、アウッ。

癖のあるイントネーションのジャッジが原っぱにこだましていた。

――あの人が、この間の人かしら。

たしかに子供たちの野球の中に、大きな男が生真面目に審判をしている姿は、ガリバーを連想させておかしかった。

仲子は堤の斜面に腰を下ろした。

彼女は野球が好きだった。野球というスポーツが好きというより、あのユニホーム姿が凛々《りり》しく見えた。

それが初恋と呼べるかどうかわからないが、生れて初めてラブレターをもらったのが、同じ中学の野球部の生徒からだった。バスケット部の後輩が野球部の人に頼まれたと言って手紙を持って来た。短い文章で、交際の申し込みと、野球の試合が行なわれる日時と場所が記してあった。自分が見知らぬ人から好意を持たれていたことに、胸がときめいた。同級生と二人で八幡山のグラウンドに応援に行った。電信柱のように痩せてひょろっとした真面目そうな投手だった。二度ばかりデートもした。一度目は仲の良かった同級生と一緒だったが、二度目は二人で渋谷に出かけてお茶を飲んだ。それだけのことだったが、ニキビだらけの相手の顔がまぶしかったのを覚えている。

しばらくして、夜遅く突然その相手が伸子の家を訪ねて来て、家の都合で急に北海道へ転校することになったと玄関先で言われた。伸子は駅まで送った。別れる時、差し出された手を握ると妙に汗ばんでいた。恋い焦がれるという感情はわからなかったが、自分の住んでいる場所から手の中に残った汗の匂いが去って行くのだということだけはわかった。

その大男のアンパイヤーは、少年たち以上によく原っぱの中を動き回っていた。内野にポップフライが上ると、ダイヤモンドの中に小走りに入って、捕球をたしかめるようにのぞき、右手を空に突き上げてアウトを宣告した。よく響く声だった。男の喉を通さないと出て来ない声色をしていた。伸子は男の所作と声を耳にしているだけで不思議な安堵を覚えた。

「ちょっとー、何してんのよ」

背後でいきなり大声がした。

ふりむくと、そこに着物姿の女が立っていた。通りでよく見かける〝おざき〟の女将だった。

「修ちゃんたら、立てこんで来たのよ。早くしてよ」

そこまでを大声で言ってから、

「うったく子供相手に、馬鹿じゃない」

と女将はひとり言のようにつぶやいた。

男はあわてて走り出すと、堤の上に立っている女将に笑って手を振りながら近寄って来た。

伸子は男の様子を見て、吹き出してしまった。笑っている伸子に気づいて、男は頭を掻きながら、

「みっともないとこ見られちゃった」

とペロリと舌を出した。

伸子はスクリーンより最前列の男の背中ばかりが気になった。

――もし修ちゃんなら、逢ってみたい……。

映画はほどなく終るから、自分もさりげなく入った素振りをして、次の上映に来たふうを装って最前列の方へ行ってみようか、そう考えてから伸子はこれが今夜の最後

の上映なのに気づいた。もう一度男を見直した。背筋を伸ばした影はやはり修ちゃんのように思った。

　なら今のうちに顔をたしかめてみたい。トイレに立ったふりをして、最前列から入って来ようかと思った。しかしそうする方がよけいにおかしい行動にも思える。

　伸子は膝の上に置いたビニール袋を握りしめた。中に入った空気が抜けて、蓬《よもぎ》の香りが鼻を突いた。

　今朝早く寄居町に住む弟夫婦の家へ、正月の挨拶に行けなかったので出かけて行った。寄居町で旧《ふる》くから醤油屋をしている義妹の実家で、帰り際に母が山で摘んできたという蓬を土産にもらった。

「ひとり暮しだし、こんなにたくさんは」

　と半分を頂戴して電車に乗った。電車の中でもずっと蓬の匂いがした。登山靴をはいてハイキングに出かけた人たちが乗っていた東上線では気にならなかったが、山手線に乗り換えると、ビニール袋を手にした自分だけがお婆さんに見えるのではと少し嫌な気がした。

　駅のゴミ箱に捨ててしまおうかと思ったが、そうしなかったのは弟の義母が、死んだ母にどこか似ているせいだろう。もしこの蓬が義妹の綾子《あやこ》から渡されたものなら、仲子はとっくに捨ててしまった気がする。

哲也が結婚相手の綾子を初めて家につれてきた時、彼女が挨拶をしながら卓袱台の下でそっと哲也の手を握りしめていたのを見て仲子は逆上した。

――礼儀知らずな娘だ。

仲子は以来、綾子をなるたけ見ないようにした。感情は女同士の方がよく伝わるのだろう、綾子も哲也が希望していた仲子と三人で暮すことを拒んだ。

「いんじゃないの、その方が。誰だって小姑がいない方がいいもの」

「姉さん、綾子はそんな子じゃないよ」

「わかってるわ。あなたが選んだ女性だもの、姉さんも大好きよ。ただ姉さんものんびりひとり暮しをしてみたいの」

「…………」

何事にも少しうとい性格の哲也は、それなら仕方ないと、あっさり家を出て行った。

子供ができた時も、綾子は仲子に連絡をしてこなかった。

「義姉《ねえ》さんはいつもあなたに、あの人のすべてを与えたような言い方をするのね」

哲也の新居祝いに、母の残した定期預金を受け継いでようやく満期になった通帳を渡しに行った時、綾子がそう言っているのを障子越しに耳にした。

——ひがみ癖のある女だ。

と伸子は情なくなった。

しかし疎遠になることはなかった。哲也からはしょっちゅう、遊びに来て欲しい、と連絡があったし、三度に一度は逢うようにしていた。

哲也を見ていると、伸子は気持ちがなごんだ。母が自分と弟のためにひたむきに働いていたように、母が病いに臥してからは伸子の楽しみは哲也の成長にあったのだろう。

「おまえ結婚をしないのかい」

母は伸子が二十代の適齢期の頃は、よくそう言っていた。長岡の叔母からの見合い話にも積極的だったし、母の勤める病院の婦長さんからの縁談も何度か持ち帰ってきたこともあった。伸子はその話を皆断わった。

「好きな人でもいるの」

「そうかもね」

「会社の人なの」

母は心配そうに聞いた。

「さあ、どうかしらね。私、野球選手の奥さんだったらすぐに飛んで行っちゃう」

仲子が冗談ともつかない返事をして、曖昧に笑うのを、母は困った顔をして見ていた。その母が突然倒れた。仲子は弟の面倒と、母の看病に追われた。母が死んでからも、哲也が大学を卒業するまではと働いた。哲也が綾子と結婚し子供が生れた時には、四十歳を過ぎていた。

医薬品工場の事務をやりながら夜学に通って栄養士の資格を取った。研究所に栄養士となって転属した。給与も他の女性よりは恵まれた。

〝オールド・ミス〟と言う陰口も聞えて来なくなった。それもそのはずである、もうすぐ誕生日が来ると四十九歳だ。

去年の春、アシスタントで入社したばかりの女子社員に、

「楠本さんはずっと独身なんですか！」

と社員食堂でいきなり言われた。

「そうよ」

「何か考えがあってですか？　独身主義なんですか？　それとも大恋愛の末のことか」

大きな目を丸くして矢継ぎ早に質問する若い女性に、仲子は苦笑した。

「大恋愛はないわね」

「小恋愛ですか?」

「小恋愛? フフッ、そうね……」

その場はそう答えたものの、伸子は近頃自分の生きて来た時間が何だったのだろうかと考えることがあった。

結婚ができなかったのか、それともしようとしなかったのか、伸子自身よくはわからない。母が死んでから胸の片隅で、哲也が一人前になるまでは、と自分に言いきかせていたところがあったのかもしれない。

母の死顔と、そばで泣いている弟を見た時、もう結婚も恋愛もしない、できないと、勝手に自分で決めたようにも思う。しかしはっきりとは覚えていない。哲也は高校に上ったばかりだったし、自分は働くことに懸命だったのだから……。

伸子は哲也が寄居町へ行ってから、時々深夜目覚めることがあった。

それは或る夢を見た後であった。

目が覚めると闇の中に、いくつもの三角をした星のようなものが見える。口の中には甘酸っぱい妙な味覚が残っている。その三角のちいさな星が今しがた夢に出てきた苺だとわかる。

——伸ちゃん、ごらんよ。ほらこんなに獲れたよ。そこの川で今洗ってくるから、それまで待っておいで、美味《うま》いぞ。

そう言って、前かけにたくさんの苺を載せて近寄って来るのは、たしかに修ちゃんである。伸子にはひろげた前かけの中の苺と、太い腕の大きな指しか見えないのだけど、その低い響くような声は修ちゃんである。

——どうしているんだろうか、修ちゃんは。

闇の中に修ちゃんの顔が浮んで、その四角い顔がやがて天井から吊した電灯に変わる。

——どこにいるんだろうか、修ちゃんは。

そう思うと、苺の話をつい洩らしてしまった、たったひとりの他人のことが三十年近く経ってから気になり出した。

スクリーンを見つめている男の影は身じろぎもしない。

もうすぐ映画が終る。あの男は立ち上って出口に歩き出すだろう。もし修ちゃんだとしたら、その時、私はちゃんと笑って挨拶ができるだろうか……。

伸子は少しずつ自分が緊張しはじめているのがわかった。

観音様の夏祭りの宵に、伸子は母と哲也の三人して出かけた。

夜店の露店が並ぶ通りを、伸子は母たちと少し離れて歩いた。履き慣れない下駄も歩きにくかったが、それより自分が着ている浴衣姿が気になって仕方なかった。セーラー服を着ているとそんなに目立たないのだが、伸子は他の同級生より胸が大きかった。中学生になると急に胸がふくらんできた。気にもとめていなかったが、バスケットの練習をしているシャツ姿の彼女は走るたびに弾むように胸だけが揺れた。男子生徒たちの視線が汗に濡れた自分のシャツの胸元に注がれているのがわかった。だからサイズのちいさな肌着を着て、しめつけるようにしていた。

高校へ入学する春、デパートにブラジャーを買いに行って、自分の胸のサイズが特別に大きいことがわかった。

胸を張って歩くのが恥ずかしかった。

「おまえこの頃姿勢が悪いね」

母に言われても、伸子は猫背になる癖がついていた。

「今日は母さん午前中までだから、ひさしぶりに観音様にお参りに行こうか」

朝食の時に母が言った。

「本当に。嬉しいな」

哲也が目をかがやかせていた。

「父さんがいた頃は毎年四人して行っていたものね」

伸子も祭りが好きだった。

夕暮れに家に戻ると、母はもう帰宅して居間で縫物をしていた。

「早かったのね。何してるの母さん」

「おまえの夏浴衣」

母は笑いながら言って、手招きした。

「私の？　いいわよ普段着で。子供じゃないんだから」

「何言ってんの、ちいさい時分は喜んで着てたじゃない」

母が立ち上って浴衣を肩にかけた。

ナフタリンの匂いと、いつの間にか薄化粧をしていた母のパウダーが香ってきた。

「さっき下駄を買って来たんだから」

肩口から聞えた母の言葉に、伸子は浴衣を着ざるをえなかった。

「襟元が少しこころもとないわね。おまえ大きくなったね」

「もうとっくに成長はとまってるわ」

「そうね、見た目より大きいわね」

「現代っ子だもの」

帯をすると、胸が窮屈だった。母も哲也も浴衣を着て出かけた。

母に手を引かれ夜店のたびに立ち止まる哲也の背の兵児帯《へこおび》が揺れるのを、伸子はうらやましく思いながら歩いた。

お参りを終えた帰り道で、金魚の入った袋を持った哲也がいきなり路地からあらわれた黒い影に突き飛ばされた。

倒れた哲也に手を差しのべるようにして母もよろけた。悲鳴が聞えて、通りの人の列が割れると、ステテコ一枚で上半身裸の男が防火用水のコンクリートにぶつかって、ふりむきざまに身構えていた。男は右手に刃物を持っていた。

「どけえ」

男の飛び出した路地から怒鳴り声がして、シャツをたくしあげた男が日本刀を片手に通りにあらわれた。悲鳴が続いた。

喧嘩だ、と声がした。二人の男の間に哲也を抱きかかえた母がしゃがんでいた。身構えた男が何事かをわめいたが、もう一人の男がその声をかき消すほどの怒声で日本刀を振り上げ、母たちを踏みつけるように躍りかかろうとした。

「やめてえ」

仲子が叫ぼうとした時、背後から彼女の身体を押しのけるようにして日本刀の男にぶつかった白い影があった。もんどりうって倒れた男の頭から日本刀が道の石にでも当ったのか、火花が見えた。

「な、何をしやがる」

倒れた男が言うと、

「ヤクザの喧嘩は他所《よそ》でやれ」

と通りの先の先まで響き渡る声で、大きな白い影が仁王立ちして言った。

修ちゃんだった。

追われた男が駅の方へ走り出した。修ちゃんを睨みつけていた男もすぐに立ち上って、行く手へ駆け出した。人垣が悲鳴を上げながら割れていた。

「大丈夫、母さん」

仲子はうずくまる母と哲也に駆け寄った。

「大丈夫。哲也、哲也、しっかりなさい」

母は気を失った哲也を揺り動かした。目を開けた哲也が大声で泣き出した。

「哲ちゃん、なんだしっかりせにゃ、男の子が」

大きな声で修ちゃんはそう言ってから、疳《かん》を起こしたように泣き続ける哲也の両頰を片手でつかまえて、白い歯を見せて笑った。その荒っぽい介抱に哲也が泣きやんだ。それから思い出したように、

「金魚が……」

とまたべそをかいた。

修ちゃんは道に落ちてつぶれているビニール袋をつまみあげると、道端に置いた出前の岡持の中から湯飲み茶碗をひとつ取り出して、用水桶から水を汲みあげて、そこに二匹の金魚を入れた。

「ほら、これで持って帰りな」

その日以来、伸子は通りで修ちゃんに逢うと挨拶をするようになった。

祭りの翌日、母は菓子折と湯飲み茶碗を持って礼を言いに〝おざき〟に行ったが、修ちゃんは不在だったらしく、時々見かけ挨拶をすると言った伸子にくれぐれもよく礼を言っておいてくれと頼んだ。

「この間はどうもありがとうございました」

「いいんだ、いいんだよ、そんなこと」

修ちゃんは照れくさそうに笑っていた。

哲也も修ちゃんになつくようになっていた。

その秋、哲也に言われて伸子は修ちゃんと三人で神宮球場へ野球を観戦しに行った。

日曜日の昼前に〝おざき〟に修ちゃんをむかえに行くと、暖簾をしまったガラス戸のむこうから、人の諍《いさか》う声が聞えた。

「何だって言うの、私を放っといて」

声の主が〝おざき〟の女将だと、伸子にはわかった。威勢のいい声がやむと、泣き声が聞えてきた。すりガラスのむこうで影が寄り添っているのが見えた。

伸子は見てはいけないものを目にした気がした。〝おざき〟の主人は身体を悪くして入院しているのを、誰からともなく耳にしていたからだ。女将は派手好みの人で、普段は着物でいたが、時々びっくりするような原色の、大胆に胸が開いたワンピースを着たりしていた。

ガラス戸を開けてあらわれた修ちゃんは伸子の目を見て、顔を歪《ゆが》めた。その表情がたった一度だけ伸子が見た修ちゃんのせつなそうな顔だった。

球場は満員の観衆で埋っていた。

東京六大学の優勝決定戦だった。その頃の大学野球はプロ野球と並ぶほどの人気だった。一塁側と三塁側に陣取った大学生たちが応援歌を合唱し続けていた。

「哲ちゃん、あいつだよ。あの三塁手が長嶋だよ」

「あれが長嶋か」

仲子は評判の三塁手があざやかに打球を捕って一塁に投げる姿を見つめた。三塁側の観衆はその選手がプレーをするたびに大きな拍手と喚声を上げた。

ゴロをさばいて一塁へ送球し、右手首を投げ終えたかたちで鶴の首のように曲げたままゆっくりとおろす仕種が、いかにもはつらつとして新鮮に見えた。肩をいからせて跳ねるように走るフォームと、投手が一球投げるたびに足元の土をスパイクでならす動作が、仲子の胸に焼きついた。

「長嶋はプロ野球に行くの」

「たぶんね。けど彼はまだ三年生だもの」

「修ちゃんは野球に詳しいんですね」

球場からの帰り、渋谷の宮益坂にある洋菓子店の喫茶室に、仲子たちは修ちゃんと立ち寄った。哲也はテーブルの上のショート・ケーキを食べていた。

「俺たちの子供の頃は野球しかなかったし……」

煙草をくゆらしながら修ちゃんが言った。

「ねえ、お姉ちゃん」

哲也がちいさな声で耳元でささやいた。

「あっ、いいわよ」

伸子はうなずいて、目の前の彼女のケーキを半分に切って、苺の乗った方のケーキを哲也に差し出した。

「もうひとつもらえばいいじゃない」

「いいえ、いいんです。この子お腹が弱いし、私は甘いものは」

「嫌いなんですか」

「そうじゃなくて……」

伸子が哲也を見ると、弟は差し出したケーキをもう半分近く平らげていた。

「哲也、ゆっくり食べなさい。ほら、口の周りについてるでしょう」

「だってショート・ケーキひさしぶりなんだもん」

哲也は手で口をぬぐいながら、手の甲についたクリームを舌先で舐めた。

「よしなさい。行儀が悪いこと」

伸子が修ちゃんを見ると、彼は真剣な顔で伸子たちを見つめていた。

「すみません、行儀が悪くて」

「そんなことはないですよ。もうひとつ注文しましょう」

「いえ、本当に結構です」

会計をする時に、土産にケーキを持って行きなさいと言う修ちゃんの好意を伸子はかたくなに断わった。

バスに乗った修ちゃんは天井に頭がつきそうだった。目の前に腰をかけた伸子は、時折山手通りから身をかがめるようにして窓の外を黙って眺めている修ちゃんの目を見て、

——綺麗な目をした人だ。

と思った。

スクリーンには、鏡の前で化粧をしている女が映し出されていた。小物入れの抽出《ひきだ》しから、女を捨てた夫が結婚式の日にプレゼントをしてくれたイヤリングを出して耳に飾っている。

最前列の影はじっと動かない。そのうしろ姿は映画を見ているというより何かもの思いに耽《ふけ》っているようにも見える。

「暗いところで逢った方が私たちには似合うようね」

自宅に夫を引き入れた女が暗がりの中で言った。一言せりふを言うたびに、豊満な女優の胸が息づいている。夫は女を捨てた言い訳を話し続けている。

——そうだ、この女優は修ちゃんのご贔屓《ひいき》だった……。

そのことを思い出して、伸子はあの影は修ちゃんに間違いない気がしてきた。脇からかすかに鼾《いびき》の音が聞えた。見ると通路を隔てた同じ列に男がひとりコートにうずもれるようにして眠っていた。マフラーを首に巻いたまま男は顔半分を隠すように寝息を立てていた。

マフラーを嬉しそうにしていた二十数年前の修ちゃんの顔が浮んだ。伸子はセーターの上から胸をおさえながら、マフラーをしたあの日の修ちゃんを思った。

「なんだかもったいないな、俺みたいなのにこんなものは」

「いいんです。もし気に入って下さったら使ってもらえれば」

「気に入るもなにも、恐縮してしまうな。高かったでしょう」

「そんなじゃありません。この冬初めてのボーナスをもらったんです」

伸子は修ちゃんを見上げて言った。

世田谷の砧《きぬた》にある医薬品工場の事務に就職して半年余りが過ぎていた。その間に伸子は修ちゃんと哲也の三人で月に一度の割合で野球見物に出かけた。哲也は休みの日に修ちゃんと何度も野球場へ行っていた。

専門学校へ休日も通っていた伸子にはそんな哲也がうらやましく思える時があった。

「何かお礼をしなくちゃいけないな」

修ちゃんはマフラーを手に言った。

「じゃ映画を見に連れてって」

「いいね。こっちが頼みたいくらいだ」

約束をした夕暮れ、伸子は渋谷の駅前で修ちゃんと待ち合わせた。

黒のジャケットに黒のタートルネックのセーターを着た修ちゃんは遠目からでもすぐにわかった。

「待たせちゃったかな」

「ちっとも、まだ五分前だもの」

並んで歩きはじめると、自分の選んだマフラーを巻いて靴底を鳴らして歩く修ちゃんが恋人のように思えた。

映画が終った後、道玄坂にある台湾料理の店へ行った。壁のあちこちに油の滴《したた》りがついた古い店だったが、相席のテーブルで紹興酒を伸子は生れて初めて飲んだ。

「あまり勢い良く飲んだら酔うよ」

「平気よ。お酒は強いみたいだから」

「へえ、見かけによらないな」

「会社の旅行で飲んだ時、ちっとも酔わなかったもの。修ちゃんはお酒強いの」

「俺はあんまり強かないよ」

「そんなふうに見えないわね。けど、さっきの映画みたいに男と女があんな運命になるのかしら」

それはフランス映画で、駆け落ちをしようとする二人が運命のいたずらですれ違ったまま別れてしまうストーリーだった。

「そりゃ現実は映画みたいには行かないさ。でも……」

そこまで言って修ちゃんが言葉を止めた。

「でも何？」

仲子は修ちゃんの目をのぞくように聞いた。修ちゃんはその視線が気になるのか、うつむいて、

「男と女は何かの拍子で、くっついたり離れたりするもんじゃないかな」

と言った。

「そんなことがあったの？」

「いや、ないよ」

修ちゃんはあわてて言った。クスッと伸子が笑った。

「何がおかしかったの」

「だって顔が真赤よ」

「俺はすぐに酒が顔に出ちまうんだ」

修ちゃんは不器用そうに笑った。

料理店を出てバス停まで歩く時、信号を待つ拍子に修ちゃんは伸子の手を取って、腕を組むようにした。さりげない動作だったので、伸子もそのまま腕を組んで歩いた。すれ違う男女が同じように腕を組んでいると、伸子は自分の連れを自慢したいような気分になった。飲んだ紹興酒のせいか、師走の喧騒のせいなのか、自分が大人になったような気がした。

その夜を境に、伸子は修ちゃんの存在が職場にいる時でさえ、ふと気になるようになった。その感情が恋愛と呼べるかどうかわからなかったが、帰り道に〝おざき〟の前を通り過ぎる時、わざと歩調をゆるめて中の気配を窺うようになった。

伸子には修ちゃんとのことで、自分だけが知っているちいさな秘密があった。

それはあの夏祭りの騒動の時、伸子の背後から男たちの争いを止めに入った修ちゃんが彼女の左の乳房に痣《あざ》の跡を残していたことだった。一瞬のことだったから、伸子も気づかなかったが、風呂に入って乳房を見ると親指の先ほどの大きさの痣ができていた。その痣をそっと指で突くと、かすかに電気が走るような快感があった。勿論、男に抱かれた経験などなかったから、その電流のような感覚が性とかかわることなどはわからなかった。

そのうち消えるだろうと思っていた痣は小指の先ほどの大きさになってから、ずっと残ったままになっていた。赤い花びらを二枚重ねたような痣になった。風呂に入った時や、蒲団の中で浴衣の中に手を入れて指で乳房に触れると、足先までしびれるような快感が味わえた。そしてその度に、修ちゃんの澄んだ顔があらわれた。

ふしだらなことをしているという気持ちは最初のうちだけ湧いたが、男の指がこしらえた奇妙な花びらは伸子の勲章のように思えた。

月に一度伸子は修ちゃんと逢った。

映画を見て食事をして帰るだけだったが、修ちゃんの身体が少しずつ自分をつつむようになって行くのが伸子はわかっていた。

花見をしよう、と言い出したのは修ちゃんだった。神宮の森で二人して花見をした。日本酒と肴を酒屋で買って、夕暮れから飲んだ。食事をしないで飲んだのがいけなかったのかも知れない。仲子は見上げた桜の木がぐるぐると回り出したあたりまでしか覚えていない。

目覚めると、うす暗い天井からさげられた電灯の豆電球が揺れていた。小刻みに灯りが揺れるのはすぐ外を走る山手線の電車のせいだった。

代々木の線路際にあるちいさな旅館の一室だった。仲子は洋服を脱がされて、下着だけになって蒲団の中にいた。

修ちゃんは壁に背をもたれて、浴衣姿で煙草を吸っていた。何が起こったのだろうかと思ったが、

「ごめんなさい。どうしてしまったのかしら私」

と努めて平気を装って言った。

「すきっ腹にあんなに勢い良く飲んじまったからさ」

修ちゃんも何事もなかったように言った。湯舟の中で、仲子は自分が女になったのだろうと感じた。部屋に戻ると修ちゃんはまだ壁にもたれていた。仲子は浴衣でもう一度蒲団に入った。

「寒くはないの」

と修ちゃんに聞いた。

「少し冷えたな」

修ちゃんは蒲団の中に入って来ると、あおむけに寝転んで天井を見ていた。修ちゃんの吐き出す煙草の煙りが豆電球にむかって昇って行き、ゆっくりとひろがった。それが伸子には月にかかる雲のように見えた。

「修ちゃんはどこで生れたの」

「清水だよ」

「清水って、あの静岡の」

「そう、清水の次郎長がいた清水港さ。もっとも俺の生れたのは山の方だけどな。苺の美味いところだよ」

「苺、私大好き」

「変だな、前に哲也君と菓子屋の喫茶店に入った時、苺は好きじゃないって言ってたぞ」

伸子は急に黙った。

「思ってないことも口にするんだ」

修ちゃんの言い方が意地悪く聞えた。伸子はムキになって言った。

「あれは哲也がいたからよ。あの子苺が大好物だから。以前、母さんに言われたの……こんな暮しだけど哲也だけは誇りが持てる大人にしたいんだって。だから食べ物なんかで、あの子がいやしい気持ちを起こさないように目の前のものは皆最初に食べさせようって……」

「やさしいんだな」

「でもないの。私が一度、ショート・ケーキの上にある苺を哲也にやったの。そうしてわからないように哲也の食べ残した苺のへたを口に入れたことがあったわ。そうしたら母さんが、他人に自分のものをやってからそんないやしいことをするなって怒ったわ。その時本当は私はいやしい女だとわかったの」

そこまで話した時、修ちゃんの顔が近づいて来て、伸子の視界をおおった。

キスをしながら耳元で、

「今度、俺の田舎へ行こう。たっぷりと苺を食べさせてやるよ」

と言った。

「本当に？　約束よ」

それから夏が終るまでに伸子は修ちゃんと三度旅館へ行った。

映画はラストシーンになって、駅へ男を見送る女のもの哀しい顔が映し出された。男を乗せた列車がゆっくりとホームを離れて行く。

何人かの客が立ち上りはじめた。エンドマークに続いてテーマミュージックをバックにテロップが、あざやかにひろがるひまわり畑に重なって行く。最前列の男はまだ立ち上る気配がない。まるでこの映画の余韻を楽しむように、じっとスクリーンに見入っている。

――ソフィア・ローレンより綺麗な胸だね。

修ちゃんが代々木の旅館で言った言葉が、その女優がスクリーンから消えてふいに聞えてきた。

「この胸は修ちゃんのものよ」

「いや、俺にはどうにもなんないものだ」

「どうして？　修ちゃんが好きよ私」

「俺なんかつまんない男だよ」

「どうして」

「誰もついてきやしないさ」

「私ついて行くわ。もう子供じゃないもの」

修ちゃんのことで妙な噂が立ったのは、夏も終ろうとする頃だった。

――〝おざき〟の女将はあの若い板前とデキてるって言うじゃないか。近頃じゃまるで女将は旦那の病院へ行かないらしいぜ。

――そう言えば女将は若返ったものな。

――ところがあの板前が半端な遊び人じゃないらしい。この界隈の娘にもだいぶ手を出してるらしい。その上幡ヶ谷の方でずいぶん博打をしてるって話だ。金の出処は〝おざき〟だろう。

その噂話が自分にまで飛び火するとは、伸子は思っていなかった。

聞きつけて来たのは、母であった。ものごころついてから、初めて伸子は母に頬をぶたれた。

「なんて情けない話の端にのぼったの」

「だって噂でしょう」

「噂だから情けないのよ」

「あの人は私たちを助けてくれた人でしょ」

母はそんなことを認めなかった。

ほどなくして修ちゃんが街からいなくなった。〝おざき〟も暖簾をしまったままになり、仲子も通勤の行き帰りに〝おざき〟の様子を窺ったが、人の気配がしなかった。

──なんでもえらい借金をこさえたらしい。ほとんどが野球賭博だってよ。

根も葉もない話が聞えて来た。

そんな或る日、哲也が修ちゃんからの手紙を預って来た。

急いで書きなぐったのか、修ちゃんの字はひどく乱れていた。

仲子さんへ

事情ができまして、今夜街を出て行くことになりました。お世話になりました。六時に消防署の裏手の上水路で待っています。　修

仲子は哲也に夕食を食べさせると、エプロンをかけたまま上水路へ行った。

夏草のむせかえるような匂いが鼻を突いた。泥道を小走りに抜けるサンダルの音だけが聞えた。

原っぱに黒い影が立っていた。立ち止まって目を凝らすと、煙草を吸う火点りで男の顔がぼんやりと浮んだ。

「修ちゃん」

仲子は名前を呼んだ。影が近寄って来た。

「ごめんな、こんなところに呼び出して」

低い声がした。

「そんなことないわ。ねえ、何があったの。どうして街を出て行くの」

「つまんないことだよ」

「つまんないって何？　ちゃんと訳を聞かせてよ」

「もうあんまり時間がないんだ」

「いやよ、どこへ行くのか教えて」

仲子は修ちゃんの上着の裾をつかんだ。闇の中に白い手が見えた。

「どうしたの、怪我をしたの」

修ちゃんは黙っていた。何かを言い出さないと、このまま修ちゃんがどこかへ消えてしまい、二度と自分の処へは戻って来ない気がした。

「約束？」

「約束したじゃない」

「そうよ。修ちゃんの生れたとこへ私を連れてってくれるって」

「そんなこと言ったっけな」

「いいわ、私すぐ家に帰って支度するから。どこへ行けばいいの」

フフッと修ちゃんが笑った。

「うそじゃなくてよ。本気よ。だからどこへ行けばいいのかを教えて」

すると修ちゃんが伸子の言葉をさえぎるようにキスをしてきた。

泣きながら聞き出した、上野広小路の地下にある食堂の名前と時刻を伸子は頭の中でくり返しながら、母が戻らぬうちにと荷物を鞄に詰め込んでいた。

出かけようとした時に、伸子は台所に目をやって、明日の朝に炊く米を磨《と》いでいないのに気付いた。

そんなことはどうでもいいことだと思いながら、伸子は腕時計を見た。母が帰って来るまでにあと三十分はある。ほんの五分でできることだから……、伸子はどうしてこんな時に自分は米を磨ぐことさえふり切れないのだろうかと思った。腹が立つ分だけ米粒を握った手に力を込めた。

——もう自分の好きなように生きるんだ。そんなふうに生きている人は世の中に何人もいるじゃない。

「何をしてるの、伸子」

ふり返ると秋桜《コスモス》を片手に持った母が立っていた。

「どうしたのワンピースを着て……」

母は足元の鞄を見て、

「どこかへ出かけるの」

伸子は返事もせず釜の中の米をもみ続けた。背後で自分の鞄が持ち去られる気配がした。

――そんな鞄なんかいりはしない。

「何してんの、嫁入り前の娘がこんな遅くに」

母は大声で言いながら小走りに背後を駆け抜けた。玄関で何か激しい物音を立てていた。伸子は濡れた手もふかずに玄関に出た。そこには伸子のすべての靴をスカートを風呂敷のようにしてかかえ込んだ母が、目を見開いて立っていた。

伸子は母を睨んでから、三和土《たたき》にあったサンダルを履いて表へ飛び出した。

新宿から山手線に乗り換えて、伸子が上野駅に着いた時刻は、約束の十時を七、八分過ぎていた。食堂のある地下街へ行こうと広小路の改札を出ると、ひときわ身体の大きな修ちゃんの姿が目に止まった。

――待っていてくれたんだわ。

伸子は走り出した。修ちゃんはまだ気づかない。名前を呼ぼうとした時、修ちゃんにむかって声をかけながら近寄って来る女が視界に飛び込んできた。

和服姿にトランクをひとつかかえた女は、濃い化粧をしているが、〝おざき〟の女将だとすぐにわかった。

修ちゃんが伸子を見た。

修ちゃんは少し立ち止まってから、じっと伸子の足元を見つめた。その視線に気づいて伸子は自分のサンダルを見た。

「ねえ、何ぼんやりしてるのよ、遅れるわよ」

女の甘えた声がした。

「ああ」

低い響きのいい声が、伸子には男の欠伸《あくび》のあとの声に聞えた。

スクリーンからひまわり畑が消えた。

伸子はうつむいたまま立ち上ると、ダンスのターンのように出口にむかって歩き出した。

——ふりむこうか、このまま声をかけずに帰ろうか……。

迷う気持ちが伸子の足を金縛りのようにして、通路で立ちつくさせた。何人かの男が追い越して行く。

「あの、ちょっとすみません」

男の声がした。

ふりむくと、眼鏡をかけた中年の男がひとりビニール袋を手に立っていた。

「これ、おたくの忘れものじゃないの」

鼻先にぶらさげていたのは、蓬の入った伸子のビニール袋であった。

眼鏡の奥の目が笑っていた。礼を言ってからあわてて周囲を見回すと、館内にはもう数人の客がぞろぞろと出て行こうとしているだけだった。

伸子は通路を最後に出ようとする男たちのうしろ姿を見た。先刻の男はそこにはいなかった。伸子はもしやと思って、もう一度最前列のシートを見返した。掃除の女が箒《ほうき》を片手にゆっくりと歩いていた。

——ありがとうございました、お気をつけて。

年老いた劇場の男が出口から伸子をうながすように声をかけた。

パチパチと誘蛾灯に虫が焼きついたような音をさせて、頭の上に灯りが点っている。

伸子はぼんやりとビニール袋の中の蓬の葉を見つめた。かすかに水蒸気が浮いている袋から、あざやかな蓬の葉色が匂いとともに目にしみた。

ナイス・キャッチ

美知男が〝砂の花〟のドアを開けると、一瞬の間があって、店の中の会話が途絶えた。

彼の出《い》で立《た》ちを見て、客は美知男だとわかったようだった。

紺のグラウンドコートに黒のズボン、古びた運動靴という恰好は美知男が外出をする時のトレードマークであった。

少し首をかしげて左肩を下げるような歩き方は、美知男が高校野球から社会人野球《ノンプロ》で活躍していた頃からの癖で、二十数年前に甲子園のテレビ中継でバッターボックスにむかう徳尾高校の四番打者、小高美知男の生意気盛りに見える姿が全国で話題になった。

その夏の甲子園大会でも一、二を争う小柄な美知男が五割近い打率で準決勝戦まで

すすみ、相手のピッチャーを威嚇するように顔をななめにして見上げるクローズアップが映し出されると、

「小高がまたガンを飛ばしよった」

と地元の大人たちは喜んだ。

美知男はカウンターの隅に座ろうとした。

「よう監督さん、珍しいですね。こんな時間に酒場に見えるとは」

奥のボックス席から声がした。

天神通りで洋品店を経営する木倉だった。木倉の息子は去年まで美知男が監督をつとめる徳尾高校の野球部にいた。

「どうも」

美知男は奥にむかって会釈した。

彼のむかいにもう一人客がいたが、足元だけしか見えなかった。

カウンターに腰掛けると左隣りにいた老人が、

「どうですか、新チームは?」

と話しかけてきた。

「ええ、ぼちぼちです」

——ボチボチダトヨ。

奥の方で声がした。誰かが酔っているのだろう。

「いらっしゃい。ひさしぶりね、ミッチャン」

カウンターの中からママのよし子が笑いながら近寄ってきた。

「ほんとだな」

「飲み物何にする？」

「ビールをもらおうか」

よし子は美知男の妻の和子の同級生である。このスタンド・バー〝砂の花〟はよし子の母親の時代から続いている町でも老舗の酒場だった。

美知男もノンプロ時代は、よくこの店で酒を飲んだ。五年前に社会人野球を引退して母校の徳尾高校の野球部の監督を引き受けてからは、一年に数度しか顔を出していない。それでもふとひとりで飲みたくなった時は、〝砂の花〟のドアを開ける。

「今夜はまた何の用でのお出かけ？　和子と喧嘩でもしたの」

よし子がビールを注ぎながら言った。

「広島で少年野球教室があったんだ。広岡達朗が来るっていうんで見に行った帰りさ」

「あの広岡さんがきてたの。ねえ、どんな人だった」

「やはりそれだけのことはある指導者だったよ。勉強になった。それに広島は地元だから広島弁がもろに出て面白かったよ」

「違うの、素敵だったのって聞いてるの」

数年前に離婚してひとり身のよし子が上半身をカウンターから乗り出して聞いてくる。

「おーいママ。ビールがないぞ」

奥から木倉の声がした。

「そんな自分の息子を他の高校の野球部にやる監督を相手にしてもしようがないだろう」

よし子の目が店の奥にそそがれ、すぐに美知男の顔を見返してウィンクをした。カウンターの客が動いた時、木倉のむかいの席に座っている男の横顔が見えた。

千葉だった。地元で大きな工務店をやっている男である。酒癖が良くなかった。しかし千葉が美知男にからむのには他の理由があった。

「ほら社長飲みましょう。つまんないことは考えないで」

木倉が千葉をなだめるように言った。

「つまらないことはないさ、木倉さん。うちの息子が欲しいと言ってきたのは名監督さんなんだから。そりゃうちの息子だって甲子園に行きたいから山精学園の誘いを承諾していたんだ。〝三年計画で甲子園に行きたいと思ってます。地元の出身の生徒で甲子園に行かせて下さい〟と頭を下げてきたから、俺は徳尾に行かせたんだ。うちの息子だって県下じゃ、評判のピッチャーだったさ。それをアンダースローに替えられた上に、最後の試合にはとうとうマウンドに一度も立たせてもらえなかったんだからな、ありがたいよ、まったく」

店の中には千葉の声だけが聞えていた。

よし子がカウンターの中にいたもうひとりの若い女の子に目くばせをして、ビールを木倉のボックスに運ばせた。

「ごめんね、ミッチャン」

「かまわないさ」

美知男は、この町の酒場で自分の野球に対する不平や愚痴を耳にすることには慣れっこになっていた。瀬戸内海沿いのちいさな港町であったが昔から野球の盛んな町だった。野球好きの大人が多かったし、美知男が子供の頃は遊びといえば野球しかなかった。

甲子園の予選で下手な采配をして敗れると町の酒場で面とむかって罵声を浴びることもあった。だから美知男は徳尾高校の監督を引き受けてからは、特別な用でもない限り酒場に出かけなかった。

千葉が聞えよがしに美知男の批判をしたのは、彼の息子が徳尾の野球部に入部して肩をこわしてしまったからである。その上最後の試合ではマウンドに立てなかった。一昨年の夏の甲子園予選は三回戦まですすんで優勝候補の高校と対戦した。二対二の接戦で、控えの投手だった千葉の息子に登板のチャンスを与えることができなかった。当人は、

「かまいませんよ監督、自分は監督と三年間野球ができて良かったと思ってますから」

と送別会の時に言ってくれたが、野球好きの父親は納得できなかったらしい。確かに父親の言うとおり、越境入学で広島の山精学園に入部が内定していた千葉を、美知男が強引に地元の徳尾に入れさせた経緯があった。

それともうひとつ厄介なことがあった。

美知男のひとり息子の和政が、その山精学園の野球部に去年入っていたからである。和政は県の大会で春秋連続優勝をした中学のエースだった。

美知男は今でも迂闊《うかつ》だったと思う。まさか自分の息子が他のチームに入るとは考えてもいなかった。進路を決める最終の一月になって、息子は山精学園に行くと言い出した。自分が知らぬうちに山精の監督と逢っていた。

「そんなことが許されるわけはないだろう」

美知男は和政をつかまえて、大声で怒鳴った。

「おまえもこのことを知っていたのか」

和子にまで怒りの矛先をむけた。

「なら家を出て行け」

息子は美知男を睨みつけて、和子の実家に行った。どうしようもなかった。

美知男は徳尾のOB会に出席して自分の不手際を詫びた。批判的なOBの意見も出た。息子は広島で下宿して山精学園の野球部員になっていた。義父である和子の父山村彰二が二人の和解に間に入ったが、美知男は許さなかった。

この一年、息子は正月も家に戻ってこなかった。ただ息子が肩をこわした話はなんとなく美知男の耳に入っていた。

〝砂の花〟を出て美知男は新開地の隅にあるちいさな中華料理店へ行った。

「よう監督さん、元気にしてるの」

この主人は美知男を高校生の頃から贔屓にしてくれていた人だった。

「惜しかったな、秋の大会は」

交通事故にあって左足が不自由になってからは、主人は野球場に姿を見せなくなっていた。主人が言った秋の大会とは、春の甲子園選抜の選考を兼ねた中国大会での徳尾の戦績のことだった。

県の代表に選ばれた徳尾は中国大会の一回戦で山精学園と対戦した。レギュラーの中に息子の姿はなかった。部員数が百名近い山精学園には他県から優秀な選手が入部していたし、息子のポジションのピッチャーには二年生で甲子園のマウンド経験がある大型選手がいた。山精学園は好投手を輩出することでも有名な高校だった。

――小高ではピッチャーが育たないからな。

――やはり野手出身の監督では、甲子園は無理なんと違うか。

――名選手は名監督になれずか。

こんな声が徳尾ＯＢたちの間でも囁かれるようになっていた。

投手が育たなかった。

期待して引っ張ってきた選手がことごとく育って行かなかった。千葉の息子がそうであったように下手投げに替えさせたり、いろんなことを試したが、軸になる投手が育たなかった。

だから試合は必然と継投策になることが多かった。その投手を替えるタイミングのことでの批判も多かった。

現役時代、センターで四番だったことさえも采配の批判対象になっていた。

「監督さん、元気ないんじゃないの」

主人は餃子を美知男の前に出しながら笑って言った。

「もう一本酒をつけてもらおうか」

「はいよ。そうだ息子さんは元気にしているの?」

主人が和政のことを聞いた。

「さあ、どうだろうな」

「父親がそんなことじゃいけないよ。たまには応援に行かないと」

「俺が山精の応援に」

「そう、同じ野球をしてるんだから」

美知男は主人の顔を見た。戦前に台湾から日本にきて、この町に居ついた主人は嘉義農林の神宮大会での活躍を知っている人だった。もう眉毛までが白くなっていた。

「あなたはこの町のスターだったんだから、息子の野球を見物に行っても平気だよ」

美知男は盃に酒を注ぎながら、主人の言葉を聞いていた。

——本当は三日前に見に行ってきたんだ。

と主人だけには話したかったが、息子の不甲斐ない野球を見たことを口にできなかった。

和政は肩をこわして外野手に転向していた。美知男は自分のチームの練習が終った後で夜の列車で広島へ行った。和子にはかつて社会人野球の時代に同僚だった男が広島で店をはじめたので祝いに行く、と言って出かけた。

ビジネスホテルに泊って、早朝練習をする山精学園のグラウンドに出かけた。熱心なファンが朝から練習を見学に集まっていた。その方が美知男には好都合だった。

山精の監督の川岸とは顔見知りだったし、もう二ヵ月もすればはじまる夏の甲子園大会を前にして、県予選ではぶつからないといってもライバル高校の監督が偵察に来ているように思われるのはかなわなかった。

バッティングマシンを相手にフリー打撃をしているのが和政だとわかった。中学時代に見た時より身体は大きくなっていた。

美知男は一年ぶりに見る息子の姿に妙な懐かしさを覚えた。しかし息子のバッティングを見て失望した。フォームがバラバラの上に腰が開いてしまうスイングは、とても山精でレギュラーの座を獲得できるものではなかった。そしてそれ以上に、ユニホームを着た息子の印象には、覇気《はき》が感じられなかった。

長い間野球をしてきた美知男には、どんな選手に対してもユニホーム姿になった途端に伝わってくるその選手のエネルギーのようなものを読む習性があった。

センターポジションで守っていても、バッターが構えた瞬間に足の先から頭のてっぺんまでそのバッターがみなぎらせているエネルギーが読みとれた。

――このバッターはこっちへボールを打ち返してくるぞ。

そんな予感がすると、七十パーセント以上の確率でそのバッターは鋭い打球を打ち返してきた。それは逆に味方のピッチャーにも言えることで、いくらスピードのある新人投手でも相手に立ちむかって行く気迫がないピッチャーは、ほとんど打ちこまれた。スピードはもう下り坂になっていても気迫のあるベテランのピッチャーの方が勝負においては格段上であると信じていた。

息子のユニホーム姿にはそのエネルギーが感じられなかった。

「じゃおやじさん、計算して下さい」

美知男は立ち上ると、主人に礼を言って店を出た。

五月の夜風がほてった頰を撫でていった。見上げると流れる夜雲が月にかかりながら、紫の雲色をあざやかにひろげていた。

ふと和子が先日、美知男に言った言葉が浮んだ。

「和政は今どうしていいのか、きっとわからなくなっていると思うんです。野球のことですから、やはりあなたが言って下さるのが一番だと思うんです」

美知男はその言葉を聞えない素振りで聞き流していた。

——今さら何を俺にしろと言うんだ。

口にしかかった言葉を美知男は止めた。孫を猫可愛がりする和子の両親に対しての腹立たしさもあったが、息子が山精学園に進んだことで、自分がこの町の人間からどれだけのことを言われたかを妻には何度となく口にしていたからである。和子は美知男の怒りを黙って聞いているだけだった。

——また同じことを口にするだけだ。

両親と自分と息子の間で一番頭を悩ませているのが、和子だということはわかっていた。

翌日、美知男は午前中を家で過した。

会社の野球部を退部してから、美知男はそれまで所属していた倉庫管理部から、工場へ配転になった。

総務へ来ないかという先輩の誘いもあったが、事務の仕事は自分にむいていないと思った。高校卒業の身では会社の上級試験を受け続けて昇進することは難しかった。

それより工場には、美知男が現役の頃から熱心に応援してくれていた仲間がいた。美知男は身体を使って働く方がいいと思った。

化学薬品やバイオの先進技術を持っている美知男の会社では、工場は絶えず稼働していて、今は三交替制で工場勤務が行なわれていた。

今月は夜の八時から朝方の五時までの勤務であった。美知男は昼間仮眠をとる。そうしないと午後の三時から七時までの高校のグラウンドでの練習の体力が続かない。

障子越しに和子の歌声が聞える。

明るい性格である。妻はどんな時でも悲観するようなことを口にしない。

初めて和子を見たのは、この町で国民体育大会の野球が開催された時だった。美知男の会社の軟式野球部が県を代表して出場していた。軟式野球部は元々あった部ではなく、開催県である地元が天皇杯を獲得したいために国体の一年前から急ごしらえでつくられたチームだった。そのチームの中に美知男の野球部を退《や》めたベテランの選手が数人いたので、彼は応援に行った。

その時大会役員の受付のアルバイトをしていたのが、和子であった。先輩から紹介されて挨拶をした時に健康で気の良さそうな女性に見えた。

両親を早くに亡くして姉に育てられた美知男は、女性に対して晩生《おくて》であった。それでも和子に逢った時、できればこんな女性と暮して行けたらと思った。そのことを酒場で先輩に話すと、その人が和子に直接その旨を伝えた。半年余りの交際の後に美知男は和子の家に結婚の申し出に行った。

税務署に勤める和子の父は最初、美知男にあまり好感を持っていなかったようだ。社会人野球のスターと言っても、署長まで務めていた義父にはひとり娘の婿として美知男はあまりに将来性がないように見えたらしい。

和子が強引に両親を説得して美知男に嫁いだことを知ったのは、和政が生れた祝いの席だった。

「美知男君、わしは娘の強引さで君に和子をあずけたが、こうして初孫を抱かせてもらえて本当に嬉しい」

その義父とは和政の高校進学でまた疎遠になっている。

昨夜の酒のせいか、美知男は喉に渇きを覚えた。蒲団を出て台所へ行った。水道の蛇口をひねって水をグラスに入れて飲もうとすると、テーブルの上に段ボールの箱がひとつ置いてあるのが目に入った。

中をのぞくと菓子やハンカチを入れた隅に野球のアンダーストッキングが何足か綺麗にたたんで入れてあった。たぶん息子へ送る荷物なのだろう。

自分の目に見えるところで息子宛の荷物をまとめることに、和子は気が引けているのだろう。台所のガラス戸がわずかに開いていた。

そのすき間からベランダにいる和子が見えた。ショートカットの頭にピンクのスカーフをかけている。歌を歌っている。楽しげである。息子のことを気にかけて、相談をしてきた和子とは別人に思える。

物干にかけているのは、美知男の野球のユニホームである。アンダーストッキングに手を差し込んで奥まで届くと手のひらをひろげている。

美知男は和子が自分のアンダーストッキングを干している姿を初めて見た気がした。結婚をして十八年になるが、和子はずっと自分のアンダーストッキングをあんなふうにして手のひらでひろげ続けていたのだろうか……、そう思うと妙な気持ちになった。

美知男は音を立てずに部屋に戻ると、また蒲団の中に入った。

天井を見ていると、広島の山精学園のグラウンドで見た息子のユニホーム姿が浮んできた。目を閉じた。少し眠ろうと思った。しかし闇の中に、膝が割れて腰を開いた和政のバッティングフォームがあらわれた。

——いつからあいつはあんなフォームになったのだろうか。

中学生の時に見た息子のフォームは、もう少しましだったような気がした。肩はこわすかもしれないと思っていた。たぶん肩というより肘がだめになったのだろう。軟式のボールを投げているうちはなんとか通用するピッチャーでも、硬式のボールに変わるとまるで使いものにならない選手がいる。

それとは逆に高校生になって驚くほど速いボールを投げるようになる選手もいる。まだ身体ができていないせいもあるが、息子の場合は中学生の時から変化球を覚え過ぎていたから、あまり伸びないだろうと思っていた。しかしバッティングは悪くない印象があった。

——ボールを怖がっているのだろうか。

それなら致命傷である。しかし試合を何度か見たが、自分に似て負けん気の強いところがあるように思っていた。

和政が美知男に、

「父さん、僕も野球をやりたい」

と言ってきたのは、小学校の高学年になってからのことだった。それまで息子は近所の子供たちが同じ会社の社宅の中にあるグラウンドで野球をしていても、その中に入って行こうとしなかった。

生き物が好きな子で、近くの沼で獲ってきた亀やどじょうを飼って、ひとりで遊んでいた。小犬を飼ったこともあったし、文鳥を欲しいと言われて町のペット屋へ連れて行ったこともあった。

「あの子はやさしいんですよ」

和子は息子が生き物を飼うことを半分は喜んでいた。

「もう少し外に出て遊んだ方がいいんじゃないか」

「大丈夫よ。風邪をひくような子じゃないし、あれで結構、運動会の徒競走なんか走らせると楽に一等でゴールインするんだから」

毎日野球ばかりをしていた美知男は遠征試合も多く、息子のことは和子にまかせっきりだった。

その和政と妻が一度野球の応援で東京まで美知男の試合を見物にきたことがあった。都市対抗の試合で、美知男のチームは決勝戦まで勝ち上った。後楽園球場には美知男の会社の大応援団が大挙してスタンドを埋めていた。

決勝戦で敗れたものの、美知男はその大会の優秀選手に選ばれて表彰された。

試合が終った後の数日、東京見物を親子三人でしたのを美知男は憶えている。

「父さん、僕に野球を教えて」

和政は美知男が練習をする会社のグラウンドに顔を出すようになった。

亀や金魚を枕元に置いて眠っていた息子が野球のグローブとバットを置いて寝るようになった。

「蛙の子は蛙なのかしら」

和子が息子の寝姿を見ながら笑って言うのを聞いていて、美知男は悪い気がしなかった。

彼は息子が野球に夢中になりはじめた頃、自分の現役がそろそろ終るのに気づきはじめていた。ずっと野球は続けたかったが、後輩たちにポジションを譲る時期が来ていた。彼の野球の絶頂期はあの後楽園球場の都市対抗戦だった。

コーチにならないかという話が監督からあった。同じ時期に野球部の部長から、徳尾高校の監督を引き受けてもらえないかという話が来た。甲子園に出場していた美知男は、あの満員のアルプススタンドの熱気に魅かれた。それに社会人野球の人気は下降線をたどっていた。試合に敗れるたびに野球部の存続が取沙汰されるのも鬱陶しい気がした。

美知男は母校の監督の方を選んだ。

その日の午後、美知男はいつもより早目にユニホームに着換えて家を出た。

目覚めると、和子は社宅内にあるスーパーにパートの仕事で出かけていた。トーストにサラダが用意してある台所のテーブルで簡単に食事を済ませた。見ると和子からのメモ書きが置いてあった。

和政の件、よろしくお願いします。
あの子もきっと待っていると思います。

和子

美知男は四日前に広島まで息子を見に行ったことを和子に話していなかった。

自転車に乗って徳尾のグラウンドの方へむかった。途中立ち寄らなくてはいけない場所があった。ＯＢ会会長の横島慎吾の家だった。

横島は美知男の勤めていた会社を定年退職した人物で、かつては野球部の総監督をしたことのある徳尾高校の大先輩だった。美知男を今の会社に引っ張ったのも横島である。

美知男は高校野球を終えた時、ひょっとしてプロのスカウトから話があるのではと密かに期待していた。しかしプロでやるには美知男の身体はあまりに小柄過ぎた。

――阪神の吉田義男だって……。

美知男はそう思っていた。彼の期待は見事に裏切られた。それでもプロ野球に対する夢は捨て切れなかった。

彼は数社の社会人野球からの勧誘を断って、プロのテスト生の試験を受けるつもりでいた。

そんな時に横島に呼ばれた。美知男は正直に自分の気持ちを話した。横島は笑ってうなずきながら、

「小高君、君の気持ちはよくわかった。しかしプロのスカウトは別に高校野球だけを見ているわけではないよ。社会人野球からも名選手はたくさん出ているんだ。それに今プロに行っても、君はその身体だけで他の選手よりマイナスで見られる。どうだろう、うちのチームで身体を鍛えてからでも遅くはないと思うんだが……」

横島の説得に美知男は社会人野球に身をあずけた。補強を続けていたチームの中に入って野球をしてみると、美知男は自分の力のなさを痛感した。九州や四国から入社してきた同期の選手に美知男より優秀な者もいた。甲子園の野球だけをすべてと思っていた美知男は、自分の野球の狭さを思い知らされた。レギュラーになるまで三年かかった。

それから十五年間現役を続けた。

徳尾高校の監督に美知男を招いたのは、横島の考えだと後で耳にした。

古い門をくぐると庭先にいた横島夫人が美知男の姿を見つけて微笑んだ。

「お爺さん、監督さんが見えましたよ」

縁側から着物姿の横島があらわれた。

「上りなさい」

「天気がいいから庭でお話をなすったら」

横島夫人が言った。

美知男は今年で横島やOB会との約束の五年が終ることを話した。

「で、小高君は、もう退《や》めたいのですか」

横島が言った。夫人がお茶を運んできた。

「あなたは野球のことになると性急になりますね」

夫人がひとり言のように口を挟んだ。

「そうじゃない」

横島は強い口調で言った。

「どうしておまえはそこに座ってるんだ。むこうへ行きなさい」

「いえ、ここが日当りがいいものですから」

「話の邪魔だ」

美知男は苦笑した。

「で、小高君は、どう考えているんですか」

「あと一年やってみたいと考えています」

「ほう、あと一年か」

「監督さん」

夫人が美知男をまっすぐに見て言った。

「何でしょうか」

「何事もそう期限を切るものではありませんよ。なるようにしか物事はなりませんけど、なるものならずっとお続けになったらいい」

「いらぬことを言うな」

美知男は横島の家を出ると、徳尾高校のグラウンドにむかった。

少し早目にグラウンドに着いた。美知男は自転車を外野スタンドにあたる堤の上に停めると、そこに腰をかけた。まだ校庭には人影がない。授業が終っていないのだろう。

古びた校舎もレフトの後方にある松の木も彼が高校生の時と同じだった。浜風が流れるグラウンドに草の匂いがしているのも昔と変わらなかった。

——俺はこの二十年間何をしてきたのだろうか……。

外野の芝生の上を紙くずが流れていた。

——毎日毎日汗まみれになって、俺はこのグラウンドの中で何をしていたんだろう。

美知男は紙くずの行方を追いながら、どうしようもないむなしさを感じた。それは今までユニホームを着ている時に一度として湧いてくるようなことがなかった感情だった。

——甲子園がなんだと言うんだ。そんなことに俺は今あくせくしているのか。

緑色のバッティングケージとベースキャンバスのないラインが少しずつかすんで行

くように思えた。

――俺の野球はもう終りなのだろうか。

和政が町に戻ってきているという話を和子がした時、美知男は手にした箸を音を立ててテーブルに置いた。

「どこにいるんだ?」

「屋敷町の実家に。今日の昼突然帰ってきたそうです」

「野球部はどうしたんだ」

「ですから、まだ話をしてないもんだから」

美知男は拳《こぶし》をテーブルに叩きつけると、屋敷町の実家へ行くと言って立ち上った。

「今夜はあなた、仕事でしょう」

美知男は工場の班長に電話を入れた。

妻の実家の玄関に立った美知男は、そこから息子の名前を呼んだ。和子も後を追ってきていた。

義父と一緒に息子はあらわれた。

「和政、ここで何をしてるんだ。おまえの家はどこなんだ」

「美知男君、そんなに怒鳴ると和政が可哀相だ、さあ上りたまえ。和子もさあ」

「お義父さん、すみませんが和政と二人で話をさせて下さい。和政、表へ来い。待っているから」

和政が玄関に出た途端に頬を打つ乾いた音がした。

「おまえは負け犬みたいにしっぽを巻いて戻って来たのか」

二人の間に割って入った和子が、

「あなた家に帰ってから話しましょう」

と美知男に言った。

玄関先に義父があらわれた。

「君の野球部の生徒とは和政は違うんだぞ」

義父が言葉を荒らげて言った。

「お父さん、放っておいて。さあ二人とも帰りましょう」

家に着くと美知男は和政をなじった。和政は黙ってうつむいていた。なじり続ける美知男に和子がずっと耐えていたものを一度に吐き出すように話した。

「どうして野球のことくらいで、親子がこんなふうにならなくちゃいけないの。野球がなんだって言うの二人とも。あなたたちが好きで選んだことでしょう。そのことでどうして家族がいがみ合わなくちゃいけないの」

和子は涙をこぼしながら話していた。結婚して以来、大声を出したことが一度もなかった和子が歯を喰いしばって言った。

「もう私は嫌よ。野球でこんなふうに家族が離れ離れに暮すなんて嫌です。それができないんなら皆で野球のないところへ行って暮しましょう」

和子は立ち上ると襖《ふすま》を開けて、抽出しの中から美知男のユニホームやストッキングを引っ張り出して、二人の間に投げつけた。そうしてその場にしゃがむとエプロンに顔をうずめて声を上げて泣き出した。


フェリーボートに乗っている間、和子は歌を歌い続けていた。

瀬戸内海に浮ぶ小島を指さして、和政に声をかけたりしていた。

美知男はそんな妻を黙って見ていた。時折、彼女が自分に話しかけると、ぎこちないつくり笑いを返した。

松山の港から町に出て、道後温泉までは路面電車に乗った。

相変わらず美知男は和政と話ができなかった。息子のまぶたに貼ったバンドエイドを見ると、自分が逆上して義父の家の玄関先で殴りつけたことを大人げなかったと思った。

「三人で温泉に行きましょう」

和子は騒動のあった翌朝、陽気に提案した。

美知男も和政もつき合うことになった。

美知男は職場に休暇を願い出てから、二日ばかり練習を休む旨をコーチの二人に電話した。和政の高校にも和子が連絡を入れたようだった。

旅館は平日のせいか客はほとんどなく、美知男の家族だけのようだった。

『坊っちゃん』で有名な元湯に入り、三人は温泉街を歩いた。

和子はずっと笑っていた。その笑顔につられてか、少しずつ和政の顔にも笑みが浮ぶようになっていた。

その笑い顔を眺めていると、やはりまだ息子はただの高校生なのだと思った。この一年そんな我が子に本気で腹を立てていた自分が滑稽に思えた。

「あっ、射的だよ」

息子が射的場を見つけて美知男の方をふりむいた。

「よしやって行くか」

美知男が言うと、

「私もやるわ」

と和子が袖をまくるようにして言った。俺も、と和政が加わった。

「難しいもんね」

和子がなかなか落ちない標的を見つめて首をひねった。

「あっ落ちた。父さんうまいのね」

「腕が違うよ」

美知男が二の腕を叩くと、二人が笑った。坂道を下ると、緑のネットに囲まれたコンクリートの支柱が見えた。

「バッティングセンターだ、珍しいな」

和政がその建物を見て言った。

「ちょっと打って行くか」

「だめよ、野球は一切認めません」

和子が真剣な顔で言った。美知男も和政も苦笑いをした。

「遊びだものいいだろう、母さん」

和政が言った。

「遊びでも嫌」

「じゃ五分で終るから」

美知男がそう言ってさっさとひとりで中に入って行った。和政も腕組みをしている母をちらりと見て中へ入った。

「五分よ」

和子は二人の背中にむかって大声で言ったが、目は怒っていなかった。

十五分で二人はあらわれた。

旅館に戻ってから、食事を摂った。

「うちの風呂も自慢ですからどうぞ。今夜はお客さんはおたくさまたちだけですから、ゆっくりとつかって下さい」

露天風呂から眺める五月の星空は美しかった。

「ねえ、星が綺麗でしょう。そっちは見えるの?」

垣根ひとつを隔てたむこう側から和子の声がした。

「こっちもよく見えるよ、母さん」

「なんだか、家族風呂に入ってるみたいね」

和子のひとり言のような声はやがて、歌声にかわった。美知男は、こんな気持ちで三人が過すのは初めてのことだと思った。

息子はずっと星を見上げている。亀や犬を見つめていた頃が昨日のことのように美知男には思えた。歌声がずっと続いていた。息子の背中がひと回り大きくなっていた。

「肩は痛むのか」

美知男が言った。

「いや、もう痛みはしないよ」

「和政」

「何？」

「野球を続けるかどうかは、おまえが決めればいい」

「そうだね」

「だけど……」

「だけど、何？」

「いやなんでもない」

「どうしたの、父さんらしくもないな」

「そうか、なら言っておこうか。さっきバッティングセンターで打ったおまえの球は皆引っかけたようなゴロになっただろう」

「うん」

「あれは腰が開いてるからだ」

「わかってるよ」

「どうして腰が開くのか、わかるか」

「いや」

「膝が割れるからだ」

「膝が割れるって？」

「ちょっとそこに立って構えてみろ」

「嫌だよ、素っ裸だもの」

「素っ裸だからわかり易いんだ」

「…………」

息子が黙って美知男の目をのぞいた。

「いいから、そのタオルをバットと思って構えてみろ」

息子は渋々《しぶしぶ》洗い場の上に立った。美知男もそこに立って、

「おまえのフォームはこうなるんだぞ。ほら、ここで膝が先に割れてしまうんだ。い

いか、父さんのフォームをよく見ていろ」

素っ裸の美知男がバットスイングをした。

「どこを見てるんだ。父さんのチンポコを見てろ。ほら、スイングをした後で内股の中になくなっちまうだろう。おまえのスイングはこうだ。ほら、ふらふらして間が抜けているだろう」

和政が興味深そうな目に変わった。

「そら、やってみろ。違う。もっとチンポコをはさみ込む感じで」

「なんだか痛いよ」

「痛いだろう、それが大事なんだ。父さんが現役でやっている頃には、内股が切れて、大事なところまで切れたんだぞ」

「本当に？」

「嘘だと思うんなら、母さんに訊いてみろ」

「何をしてんの二人とも、皆聞えてるのよ」

「昔内腿が赤く腫れてたよな」

「憶えてないわ、もう上りましょう」

和子が上った気配がした。それからしばらく美知男は息子のバッティングフォームを見ていた。

部屋に二人が戻ると、和子は障子戸を開けて縁側に腰をかけていた。

「変わった親子ね」

美知男は縁側の隅でタオルをしぼっていた。

「何か言ったか」

「風呂場であんな話をする親子っているのかしら、二人とも変態に見られるわよ」

和政がクスッと笑った。

電気を消してからも、美知男は寝つけなかった。

「あなた起きてるの」

闇の中で妻の声がした。

「ああ」

「こうして親子三人で旅館に泊るのは八年ぶりね」

「そうだったかな」

美知男は初めてのように思っていた。

「ほら、都市対抗の試合に和政を連れて応援に行った時、本郷の旅館に三人で泊ったでしょう」

「そう言えばそうだったな」

「あの時、三人で上野の動物園に行ったの憶えてる？」

「ああ、和政は動物が好きだったからな」

「あの日ゴリラの檻の前であなた何をしたか知ってる？」

「何かしたかな」

「持っていたリンゴを雄ゴリラにむかって投げたのよ」

「そうだったかな」

「ほら、背中が銀色に光っていたゴリラを見て、背番号みたいだって和政が言ったでしょう」

「憶えてないな」

「あの日さ、あなたがゴリラの家族を見て、あんなふうに仲良く暮せたらいいって言ったのよ」

「気のきいたふうなことを言ったんだな」

「うそだと思ってるでしょう。でも私はずっとあの言葉を憶えているの」

美知男の記憶にはゴリラも自分が言ったことも失せていた。思い出そうとしたが無理だった。

「リンゴを投げたのか、俺が」

返事がなかった。

「そうだよ」

和政が急に言った。

「マウンテンゴリラが父さんのリンゴを片手で受けたんだよ。周りの人たちが、ナイス・キャッチって叫んだんだ」

起きていたのか……と美知男は息子の方を見た。闇に慣れた目に妻の横顔が浮んだ。

かすかに妻は笑いながら、

「そう、ナイス・キャッチってね」

とうなずいて言った。

菓子の家

「これであんたもすっきりしたやろ」

梅垣は裁判所の石階段を降りながら言うと、ふいに立ち止まり昏《く》れなずむ四月の空を見上げた。

「どや、新しいあんたの出発を祝して、どこぞで一杯やらへんか。こっちも今回はえらい急ぎ仕事やったさかい、酒もゆっくり飲めへんかったわ……。なっ、ご馳走してな」

善一は夕空を見上げて背伸びしている梅垣のくたびれたような替え上着の襟を見つめた。

二日前の水曜日に梅垣と初めて逢った夜、善一は彼につき合って十三《じゅうそう》のキャバレーを数軒梯子《はしご》していた。昨夜も福島の駅裏の旅館に、梅垣は書類ができ上ったと訪ねてきて、近くの鮨屋で閉店まで酒を飲んでいた。そんなことは別にかまわなかった。善一とて酒が嫌いな方ではない。しかし彼は梅垣と早く別れてしまいたかった。

梅垣は今日の午前中になって仕事の手数料を釣り上げてきた。東京を出る前、五反田で不動産屋をしている河田との約束では梅垣への手数料は三百万円でいいと言うことだった。

それが待ち合わせた喫茶店で梅垣は、

「そんな金じゃ、でけへんわ」

とテーブル越しに足を組んだままふんぞり返って言った。

足元を見てやがる……、と善一は腹が立ったが、知人のいない大阪で今になって梅垣に放り出されてはどうしようもなかった。

「じゃ五百万円で……」

善一が言うと、

「もうちょっと出してえな、井沢さん」

と梅垣は急に身を乗り出して猫撫で声で言った。七百万円という額で、彼は笑ってうなずいた。

和歌山にある地方銀行の口座に移した金が三千万円と、これから棲み家を探したりで入り用になると持っていた五百万円の内の四百万円を梅垣に取られて、善一の内ポケットには百万円の現金しか残っていなかった。

「五時十五分か……」

梅垣は腕時計を見ながら煙草を取り出すと、

「うまいこと行きよったな。今回の仕事はわての始末の中でも名作やで。けど、あんた度胸あるわな。二十億言うたらえらい負債額やないか……。週が明けたらようけ泣いたりわめいたりしよんのやろな。一人、二人は死によるかもしれへんな」

と善一の顔を見ずに言った。

死ぬ、といわれて善一は生唾を飲み込んだ。

その時けたたましい車のクラクションの音がして、何してけつかんねん、このぼけ、と車道で停車していたタクシーの運転手がそばを横切った二輪車の若者に怒鳴った。

「井沢はん、週が明けたら十年、いや、五、六年でええかな、あんたとにかく別の顔になってじっとしとくこっちゃ。そうしといてもらわんとわしも困るしな……。けど今夜とあと二日はゆっくりと眠れるわな。好きなことして過すこっちゃ。なんぞ予定でもあんのんか」

梅垣が善一の顔をのぞいた。

薄茶色の色眼鏡の奥の目が光っている。初めて逢った時は、

「河田さんにはえらい世話になっとりまっさかい、まかしといてください。味善《あんじょう》さしてもらいまっさ」

とやけにやさしい人物に見えた。人なつこそうな目が今朝になって様子が変わった。昨日の午後、地方銀行の匿名口座の手続きをしてもらい、彼の目の前で三千万円の現金を見せたのがまずかった。

「ちょっと逢いたい人が……」

善一は出まかせを言った。

「そうでっか、なんか惜しいな、短い間やけど戦友と別れるみたいで。あっ、そうや、おととい行ったピンサロのみどり言う女から電話あったわ。井沢さんに逢いたい言うてたで、あんたもてるな」

梅垣が白い歯を見せて笑った。

「相手はどこにいんねん？」

「はっ？」

「だから逢おうと思うてる相手や」

「道頓堀の……」

善一は大阪で知っている地名を言った。

「なら同じ方角や。電車のほうが早いさかい、一緒しよた」

「はい」

地下鉄の駅へむかって歩いて行くと、公園の金網越しに野球のグラウンドが見えた。

善一は立ち止まって、グラウンドの中でプレーをしている子供たちを見た。梅垣も見ていた。

「ほう、あのガキええ球放りよるな」

梅垣が言った少年はサウスポーでマウンドに落ちた帽子を拾っていた。捕手からの球を受け取ると、右足を夕空に突き上げるようにして投げていた。他の子供たちに比べて背丈が高かった。

「小学校かいな、あれで」

「中学生かも知れませんね。たぶんリトルリーグでしょうから」

善一が言うと、

「あんた野球好きなんか?」

と梅垣が聞いた。

「いや、その、子供の時分はよくやってましたから」

「そうか……、わしもガキの頃は野球で飯喰おう思うて、毎日やってたもんや。プロに行ったのもおんのやで……」

と二人の関西出身のプロ野球選手の名前を自慢気に挙げた。

善一も釣られて知っているプロ選手の名前を口にしかけたが、黙って歩きはじめた。

「あんたポジションはどこやったんや」

うしろから梅垣が言った。

「ピッチャーです」

「なら、わしと同じや。野球はなんちゅうてもピッチャーやな。他のポジションはあかんな。倅に野球やらせたんやがレギュラーにもなれへんかったわ。ぼけっ言うたら、さっと退《や》めよって、今はサッカーやっとるわ。おもろいんかな、あんなもんが」

善一は梅垣の言葉に、昔娘の美紀が女子サッカーチームに入った時のことを思い出した。

「どや、ここから近いさかい、あのピンサロちいっと寄ってみいへんか。みどりも待ってるで」

と梅垣は善一の二の腕を指で突いた。

「あと二日好きなようにやった方が得やで、何年もおとなしゅうしとかんとならんさかい。えらいお金をはずんでもろうたから、わしが一杯おごるわ。みどりはあれでなかなかええおなごやで」

梅垣の表情にどこかやさしさが見えた気がして、善一はその店に寄ることにした。

昼間から営業しているその店は階段を降りて中に入ると、まだ宵の口なのに激しい音楽が鳴り響いていた。客は年老いた男が左の隅のボックスにひとりいるだけだった。

二日前の夜に逢ったみどりと言う女が梅垣と善一の顔を見ると嬉しそうな声を上げて駆け寄り、善一の首に手を回してきた。安手の香水の匂いが鼻をついた。

祝いや祝いやで、井沢はんの門出の祝いや、と梅垣は怒鳴って、奥に控えていた女たちが善一たちのテーブルを囲んだ。

みどりは善一の隣りに身体をすり寄せて、少し日焼けした手で彼の太腿を撫でていた。時折指を立てて膝頭から股間にむけてズボンを引っ掻くようにする。サービスのつもりで意識的にしてるのだろうが、ここひと月余り女の身体に触れていなかった善一の神経を女の指は刺激した。

「ねぇ、井沢さん。誰かに似てるって言われへん？」

みどりが善一の顔を両手ではさんで言った。他の女たちが善一の顔を見た。善一はみどりの手をどけてビールグラスを摑んだ。

「そう言や、そうやな。誰かに似てんな」

梅垣が言った。

「ほら、映画によく出て来た人」

みどりが距離を明けるように顔をうしろに引いた。

「映画スターかいな。井沢さんは男前やさかいな。東京でもようもてたんやろな」

「こちら東京の人なん。うちこの間ディズニーランドへ行ってきたん」

梅垣の隣りにいた小太りの女が口をはさんだ。

「ディズニーランドは東京ちゃうで、あれは千葉県や」

梅垣が吐き捨てるように言った。

「ほななんで、東京ディズニーランド言うの」

「だましとんのや。東京の者は皆だましたりだまされたりして生きとんのや」

「ほんま？　おっちゃん」

　小太りの女が善一に聞いた。

「おっちゃん、ちゃうでこの人は。変な言い方せんといて、あんた」

　みどりが大声で怒鳴った。その勢いに圧倒されて他の女が口をつぐんだ。梅垣が可笑《おか》しそうに顔にしわを寄せて、

「惚れてもうたんか、おまえ」

　とみどりにビールを注ごうとした。

「一目惚れやもんね」

　みどりは梅垣のビールを受けようともせず、善一の手を取ると自分の乳房に押しつけた。

「ほう、こら、えらいこっちゃ」

　梅垣はそう言って席を立つとトイレへ行った。時間が経っても梅垣は戻って来なかった。客が数人入って来て、目の前の席にいた女たちが立ち上った。

「どうしたんだ？　梅垣さんは」

「帰ったんちゃうかな」

善一は入口の方をふり返った。するとみどりが善一の頬を先刻のように両手ではさんで唇をつけてきた。驚いていると、みどりの舌の先が善一の口の中に入ってきて歯裏を舐め上げた。

「ねぇ、早く店を上るから今夜逢うてえな」

と耳元に息を吹きかけながら囁いた。

梅垣は金を払わずに消えていた。やはり、と思った。五万円近い料金を支払って善一は店を出た。みどりから渡された待ち合わせの店の名前と電話番号を記したメモを内ポケットにしまった。

通りはもうすっかり夜になっていた。善一は歩きながら、内ポケットの書類が上着の胸をふくらませているのが気になった。それは梅垣が今日の午後郵便局を出る時に善一に渡した彼の破産申告に対して各債権者に郵送した和議申請書の控えだった。振り出した手形の債務の返済限度額が各々割り当てられていた。とは言っても、どの申請書も返済額は一パーセントに満たないものである。週が明けた火曜日に梅垣が上京して始末をすることになっていた。その時はすでに善一はどこかの街で別の顔をして生きていることになる。

頭を下げたり泣きついたりして借りた金であるが、今さら書類の一枚一枚を見直しても仕方がない。井沢善一という男はこの大阪で消滅してしまうのだ、と彼は思った。

善一は内ポケットに手を入れて書類に指をかけた。コンビニエンス・ストアーの前に見えたポリバケツに捨ててしまおうと思った。すると大阪へ来る直前に最後に金を借りに行った木塚次郎の家の居間に座っていた次郎の母と妻の顔が浮んだ。

――井沢さんの家の坊ちゃんのお頼みですから、そんなに頭を下げんで下さい。

次郎の母親は細い目にうっすらと涙を浮べて小切手を差し出した。

――善ちゃん、俺のとこの店を抵当に入れての金だからな。月末までには頼むよ。

次郎が眉にしわを寄せて善一を見た。

――本当にお願いしますね、井沢さん。

次郎の妻が畳に手をついて懇願していた。善一が五千万円の金額を打った手形を渡すと、

――大丈夫なんだろうね、これ。

と次郎が念を押した。

――次郎、いい加減にしなさい。井沢さんの家に申し訳ないでしょう。

次郎は母の言葉に黙って手形を封筒に入れていた……。

だから大阪に来て和議申請の書類をこしらえる時も、

「この木塚精米店だけ少し多目に返したいんですが……」

と善一は梅垣に債権者リストと金額を照合しながら言った。しかし、

「あかん、あかん。皆一律にしいへんと、債権者言うのんは横の連絡をつけよるさかい。特にこの〝星和金融〟は手ごわいよって、すぐにばれてまう。こっちの首が危のうなるわ。あんた今さら変な同情心持ったらその首かかれてまうで」

と強い口調で言われた。

和歌山の銀行に隠してある金のほとんどは次郎の家から出た金だった。胸の片隅で自分が落着いたら残った金は次郎の家に送り返そうと考えていた。東京を逃げ出す時はとにかく金を掻き集めることしか頭になかった。

善一は書類を捨ててしまうと次郎の家との関り合いが断たれてしまう気がして、また歩き出した。十三からは福島の旅館まではタクシーで十五分くらいである。取りあえず書類と現金を帳場に預けておこうと思った。

旅館の女将にみどりがメモ紙に記した店の場所を聞いて、善一はまた夜の街へ出た。

窓の外に半月が浮んでいた。

横切る雲が時折空を闇にすると、梅田の方角に群立するビルの灯りが鮮明になる。鉄橋を渡る電車のきしみが途絶えると川風の吹いて流れる音が聞えた。隣りのラブホテルのネオンが、誘蛾灯に飛び込んだ虫の悲鳴のような音を立てていた。

また月が雲に隠れた。

善一はこうして月をゆっくりと眺めるのは何年振りだろうかと思った。

背後のバス・ルームからみどりの口ずさむ鼻歌が聞えていた。

船のエンジン音がした。善一は窓から顔を出して眼下の淀川を見下ろした。黒い水面を黒い平らな船がすべっていた。

「何見てんの」

ふりむくと、浴衣姿のみどりが立っていた。

「何も見てないさ」

善一は窓を閉じようとして、ホテルの真下に大きな木が一本あるのに目を止めた。どこかで見たような枝ぶりであった。

「何よ。おもろいもんでもあんの」

みどりがすぐ隣りに寄りそってきて、窓をのぞいた。

「何もないやないの」

「あれは、樫の木かな」

「どれのこと？　あの木のこと言うてんの。なんやお化けみたいでけったくそ悪いわ。井沢さん変わってんね」

みどりは窓を閉じると善一の肩にしなだれかかるようにしてシャツのボタンに手をかけた。みどりはボタンを外したシャツのすき間から吐息を吹きかけた。生温かい息が胸元にひろがり、善一は浴衣の襟元からこぼれそうに見えたみどりの乳房を鷲摑みにした。

「井沢さん、お湯入れといたから汗流して、それからゆっくり……」

鼻にかかった声を出しながら、みどりが言った。

風呂から上ると、みどりは窓際のちいさなテーブルにビールを用意していた。ちり紙の上に冷蔵庫のつまみを可愛く乗せている。天井からの灯りに化粧を落としたみどりの顔は店で見かけた時より歳を取っているように見えた。何か考え事でもしているのか、吐き出した煙草の煙りが顔にショールのように巻きついている。どこか淋し気な感じだった。先刻、他の女が善一を、おっちゃんと呼んだ時に怒ったみどりが愛らしく思い出された。

「なんや上ってたん、びっくりしたわ」

「ごめん、おどかして」

「こっち来て乾杯しよな。ねぇ、わかったわ、井沢さんが誰に似てんのか」

みどりが俳優の名前を口にした。

その脇役専門の俳優に善一は二十代の時から似ていると言われた。悪い気はしなかった。脇役とは言え、映画スターに顔が似ていることで酒場の女と寝たこともあった。

グラスにビールが注いであった。喉が渇いていたので善一は一気に飲み干した。口の中に苦い味が残った。乾いた舌のせいか、と思った。すぐにみどりが足してくれたグラスを彼はまた飲み干した。

「井沢さん、歳いくつなん？」

「何歳に見える？」

「三十七、八歳かな」

まつ毛が長いせいか、いつも年齢より五、六歳若く見られる。

「四十五歳だ」

「四十越えてんの、若く見えるわ」

「君は何歳なの？」

「君って、なんか東京弁って変やわ。うちは二十八、ほんまよ」

「うそって言ってないよ。二十八より若く見えるよ」

「ほんま、嬉しいわ。若い子はあかんわ。ほら、あっちの方かて自分勝手やしね」

みどりが指先を善一の浴衣からむき出しになった足元に置いた。誘うような目で善一を見上げている。胸の谷間がのぞいている。一瞬善一はめまいがした。一挙に疲れが出た思いがした。

目が醒めた時、善一は激しい頭痛で顔が動かせなかった。天井の蛍光灯がゆっくりと回っていた。

頭を振った。後頭部から肩にかけて痛みが走った。天井を見直して、ここがどこなのかを考えた。自分が裸なのに気づいた。周囲を見回した。窓際のテーブルの上の飲みさしのビールに、ピンサロの女と十三のラブホテルに来たことを思い出した。

女は……、みどりの姿を探した。時間が知りたくて腕時計を探した。見当らなかった。ふらふらしながら立ち上ると、洗面所で顔を洗い水を飲んだ。部屋の様子がおかしいのに気づいた。みどりが部屋に居た名残りがなかった。善一の衣服が床に散らばっている。彼はあわてて上着の内ポケットをさぐった。

やはり……、現金が失せていた。それだけではなかった。上着の内布地が背中のところから切れている。小銭だけがズボンのポケットにあった。

現金の半分を旅館に預けて来て良かった。切れた内布地を元に戻しながら、女はひょっとして預金通帳を狙っていたのではと思った。ピンサロを先に出た梅垣のうしろ姿と女の誘うような目が重なった。

煙草に火を点けて、裸のまま蒲団の上にしゃがみ込んだ。

「どこまで俺はお人好しなんだ……」

煙を吐き出すと、ため息がこぼれた。

──善一の善は善人の善だね。ほんとにお人好しなんだから……。

最初の事業に失敗して、元赤坂にあったアパートを手放さなくてはならなくなった時、祖母が笑いながら言った言葉がどこからともなく聞えた。

フロントに電話を入れると、深夜の四時を過ぎていると言われた。善一は朝まで休むことにした。冷蔵庫からビールを取り出して飲みテーブルの上に残ったつまみを食べながら、これから自分はどうするのだろうかと思った。他人事のようだが、善一には見当がつかなかった。

窓を開けた。月は失せ、風が強くなっている。雨でも降るのだろうか。

先刻の木をぼんやりと見つめた。

「麻布の家の樫の木はもっと立派だったな」

善一は少し自慢気につぶやいてから、すでに人手に渡った実家の玄関の表札を思い出して、舌打ちをした。

急に東京が恋しく思えた。

善一は右手で顔半分を隠すようにして、新幹線のシートに身をかがめていた。

前方のドアが開くたびに、彼は顔を下にむけて、手で隠した。

すぐ前のシートで京都から乗って来た母子連れが騒いでいた。二人の子供がシートに立ち上って、同じ歌のフレーズをくり返しながら飛び跳ねるのが耳ざわりでしかたない。

煙草を吸いたいのだが、禁煙車輛なのでどうしようもなかった。席を立って通路へ行くのが怖かった。

新大阪のプラット・ホームで上りの列車を待っていた時、善一が立っていた売店の脇から派手なミニスカートの女が階段を昇って来るのが見えた。長い脚だな、と見とれていたら女のすぐうしろから見覚えのある長身の男があらわれた。サングラスをかけていたが、男の顔を見た途端、善一は彼等とは逆方向へ歩き出した。

「吉川だ」

胸の動悸が速くなり、訳もわからずホームの端へ善一は早足で歩いた。

「俺を追いかけて来たんだ」

最後部の自由席車輛まで行って、彼はどうしようかと迷った。列車が到着し、並んでいた乗客が乗りはじめた。ベルが鳴った。善一はあわてて、目の前の車輛に乗り込んだ。シートに座ると汗が吹き出した。吉川の鶏に似た顔が浮んだ。陰湿な目と脅迫めいた口調が思い出された。

「吉川は俺の行動を知っているのだろうか、まさか……」

善一は梅垣や五反田の河田の様子を思い返してみた。

「そんなはずはない……」

吉川は表参道近くで会社を構える〝星和金融〟の専務だった。〝星和〟には八億円近い手形を振り出していた。善一が破産する原因になった新橋の古い雑居ビルをつかまされたのは吉川のせいだった。買い取ったつもりのビルに第二、第三の抵当権がついていた。吉川はそれを知っていて、善一の所有していた土地を安く買い上げ不足分を貸し出す提案をして来た。

手形の決済が危なくなった去年の暮れあたりから吉川は昼となく夜となく善一を追い回した。大阪まで来て破産の手続きをしようと決心したのも、半分は吉川に対する恐怖心と、〝星和〟に仕返しをしてやりたいと思う気持ちがあったからだった。

吉川の行動は早過ぎる気がした。ミニスカートの女が吉川をふり返って何かを言った時、たしか彼は笑っていた。

「きっと関西へ遊びに来たに違いない」

そう思う一方、その男がただ吉川に似ていただけだという気もした。

しかしもし吉川本人だとしたら、善一の姿を見て、勘のいい彼はすべてを察するだろう。

同じ車輛に乗っているのは危険に思えた。降車しようかどうか迷っているうちに京都駅に列車は着いて、すぐに動き出した。

まさかこんな最後部の車輛まで女連れの吉川が来るはずはない、そう自分に言い聞かせるのだが、前のドアが開くたびに背筋に汗が落ちた。

「やはり東京へ戻ろうなどと思わなければよかった」

善一は自分の行動の軽率さに眉をひそめた……。

十三のラブホテルでビールを飲みながら、善一はこの二日間をどう過そうかと考えた。和歌山方面へ行って、すぐに住む場所を探した方がいいのだろうが、別に四国でも九州でもかまわないのだし、そんなことは月曜日からゆっくり旅をしながら見つけたらいいように思った。

薄い蒲団に寝転がって天井を眺めていると、一匹の守宮《やもり》が隅にじっとしているのが見えた。守宮は蜘蛛《くも》の巣に身体を半分引っかけたような恰好で動かない。

「守宮は蜘蛛を食べたのだろうか……」

善一は破れた蜘蛛の巣が、自分がこの十年かけてひとつひとつ喰いつぶして行った井沢の家のように思えた。なら守宮の腹の中にいる蜘蛛が自分のような気がした。

「もう俺には何もなくなってしまったんだ」

東京を出る間も大阪に来てからの三日間もあわただしくて、そんなことさえ考えなかった。

「俺って人間も、この世の中から消えっちまうわけか……」

すると景気の良かった頃に仕事仲間や友人と賑やかに遊んでいた自分の姿が他人を見るように浮んで来た。

——いやだ善ちゃん。エッチなことばっか言って……、ねえ本当に香港に連れてってくれんの。

——私も一緒に連れてって、シャネルのバッグが欲しい。

——よし、じゃ来月皆連れてってやる。

銀座のクラブで得意気に女たちの肩に手を回している善一が笑っていた……。

——これはすごいな。さすがにしぶといや、井沢さんのゴルフは。

——本当ですね。最終ホールで勝負がかかるときっちり決めて来ますね。

——どうです、井沢さん。そのバーディーパットに、先日のうちの物件を賭けませんか。

——いいのかい？　俺の得意のラインだぜ。

——かまいませんよ、井沢さんところは含み資金が並じゃありませんから。

連日ゴルフ場に接待されて、遊びのように仕事の話がひろがっていった。ボールがカップインした心地良い音に派手なガッツポーズをしている善一がいた……。

「いい時代だったな」

善一は口元をゆるめてかすかに笑った。

「それにしても、どこでこんなふうになっちまったんだろうか……」

善一は顔をしかめて、自分がどこで転がり落ちはじめたのかを考えた。しかしこれと言った理由を思いつかなかった。

「運が悪かったってことか」

そうでもないような気がした。

ビールを飲んでいると、隣りの部屋から男と女の話し声が聞えた。話し声はすぐに艶声に変わった。善一は急にわびしくなった。

「こんな薄汚れたところで大事な二日を過したってしようがないだろう」

善一は自分の言葉にうなずいた。

すると二日前に梅垣が善一に倒産のからくりを説明した時の声がよみがえった。

「この書類は金曜日の午後に大阪で投函すると月曜日の午後に東京の債権者に届きますわ。そん時は井沢さんはどこぞへ消えとけばええ。あとはこっちでやらせてもらいます。裁判所の方も金曜日のぎりぎりに差し押えの申請を出しますよって、誰にも連絡はつきません。貸した方も借りた方も、のんびり過せる週末言うことでんな……」

善一は自分の倒産をまだ誰も知らないことに気づいた。

「そうか、ならどこで好きなことをしてもいいってことだ」

善一は立ち上って、開け放った窓から見える夜明けの大阪を見つめた。洋服を着ると、隣りの壁を蹴って部屋を出た。福島の旅館に戻ると、そのまま新大阪の駅へむかった。

名古屋で降りようかどうか迷った。

下手に動くと、吉川か知り合いに出くわしてしまう気がした。

善一は子供の頃から何かを企んで逃げ出している時にばったり誰かに見つかってしまうことが度々あった。幼稚舎を仮病で早退して駄菓子屋にいるところを父に見つかったり、高等部をずる休みして銀座のパーラーにいたらたまたま休暇を取っていた教師に出くわしたりした。

車内に名古屋へほどなく着くというアナウンスが流れた。列車のスピードが落ちた。

「あっ、お城だ。お城だよお兄ちゃん」

前のシートで女の子が窓の外を指さした。

「あれは名古屋城だ。ねえ、ママ」

男の子が自慢気に言った。

「違うわよ。あんなにちいさくないわよ」

「違わないよ。ほら、お城じゃないか」

男の子はむきになって線路沿いの奇妙な城を指さした。それは名古屋城をまねて建てた広告塔のようなものだった。

「絶対に名古屋城だよ」

「違うって言ってるでしょう。ほら、あっちに見えるじゃない、名古屋城は」

母親がしめした方角に曇り空に溶けこんだ天守閣が見えた。それでもまだ男の子は不満そうな顔をしていた。

母と子のやりとりを聞いていて、善一は子供の時分によく早とちりをして大人から笑われたことを思い出した。

——あれが上野の山だよ。こっちにあんのが浅草だよ。

——違うんじゃないの、お兄ちゃん。

——違うもんか。ほら、浅草寺の屋根が見えるじゃないか。俺は知ってんだ。

青山の羊羹《ようかん》屋がある高台から新橋の駅が見えている頃だった。善一は妹の和恵を連れて麻布の家から遠出して、高台に立って見附、虎ノ門周辺を見下ろしていた。

その日の夕食の卓で和恵が、今日は浅草を見て来た、と言い出した。母は驚いて、そんな遠くまでなぜ出かけたのか、と怒り出した。妹が泣きながら出かけた場所を話したら家中が大笑いになった。善一は笑われたことに腹が立って、上野と浅草を見て来たんだ、と言い張った。

——そうだね。善一がそう言うんだったら、そうなんだろうね。

と祖母が慰めてくれた。

その時のことを妹は大人になってからもよく覚えていて、

——兄さんは早とちりをしても絶対に認めない人だからね。

とからかい半分に言うことがあった。

和恵が死んで二年になる。

「今年が三回忌になるのか……」

善一は窓に映る浜名湖を見てつぶやいた。

妹が虎ノ門の病院で息を引き取ったのは八月の終りだった。井沢の家は善一ひとりになってしまったから、妹の三回忌をしてやる者はもう誰もいない。

井沢家の法事はいつも盛大だった。芝にある菩提寺から何人も坊主が経を唱えに来た。檀家総代であったから、いろんな人が祖父母や父の法事にやって来た。

離婚して戻ってきた妹は父が残した青山のアパートの一室に暮していた。そのアパートも善一は妹を丸めこんで手放した。引っ越したちいさなアパートで妹は風邪をこじらせた。腹が痛いと言うので入院させたら、ひと月しないうちに死んだ。酒も飲まないのに肝硬変であった。

病院に見舞いに行った善一に和恵は朦朧《もうろう》としながら、

――お兄ちゃん、麻布の家へ帰りたい。

と譫言《うわごと》を言った。

――大丈夫さ、今の仕事がうまく行ったらすぐに帰れるさ。

善一は細くなった妹の手をさすりながら言った。

前のシートの子供たちがおとなしくなった。疲れて眠ったのだろう。

善一はトイレに行きたくなった。立ち上って、うろうろしていると吉川に出逢いそうな気がした。東京駅まで我慢をしようかと思った。下腹が重くなった。こらえ切れなくなってそっと立ち上り、うつむきながらトイレに行った。用を済ませて、化粧室に入った。

鏡の中に無精髯《ぶしょうひげ》を生やした自分の顔があった。

「これじゃ逃亡者の顔だ」

とあごを撫でた。

「いっそのこと顔でも整形してしまおうか」

善一は悪くない考えだと思った。べたついた髪を手で掻き分けて、

「髪型を変えてみればいいかもしれない」

と思った。

ドアを開けて店に入った時、主人はソファーに座って新聞を読んでいた。

善一の気配に気づいて顔を上げると、

「いらっしゃい」

と新聞を畳んでから、もう一度善一の顔をまじまじと見て、

「井沢の坊ちゃん。おひさしぶりですね」

とかん高い声を上げた。

客がいなかったので、善一はほっとした。散髪台に腰をかけると、

「お元気でしたか、坊ちゃん」

とビニールのカバーを善一にかけ、鏡の顔をのぞきながら首のうしろで紐を結んだ。

「相変わらずだよ」

「和恵さん、残念でございましたね。お葬式にもうかがえずに申し訳ありませんでした」

「そんなことはないよ。こっちも急で報せなかったしね」

「明るいお嬢さんでしたのにね……。で、どんなふうにしましょうか。この雰囲気で少しだけ短くしますか」

「いや、思いきってスポーツ刈りにでもしようかと思って……」

「スポーツ刈りですか」

「でなくてもいいんだけど、がらっと感じを変えてみたい気分なんだ」

「これから暑くなりますから、短いのもいいかもしれませんね。坊ちゃんは元がいいからどんな髪型でもお似合いになりますよ」

鏡越しに主人は笑いながら言った。

「その坊ちゃんってのはよしてくれよ」

「そうですか。昔からそう呼ばせてもらってますから」

「五十に手が届きそうなんだぜ」

「もうそんなになられますか」

主人は椅子を回転させると、背を倒して善一をあおむけにした。

見上げると主人の頭髪はずいぶんと白くなっていた。タオルが白い闇をつくった。

「今年の桜は雨が多かったせいか、ずいぶんと早く散りましたよ」

「そうだったね。雨が多かったな」

「かゆいとこはございませんか」

「別にないな」

「そうですか。そう言えば麻布のお宅の桜は綺麗でございましたね」

善一は返事をしなかった。

「毎年花見に呼ばれるのが私共の家族の楽しみでしたよ。えらいご馳走で、女房が毎年喜んでいました」

「奥さんは元気なの」

「亡くなりました」

「そう……。それは淋しいね。いつだったの？」

「もう五年になります」

「それは知らなくて……」

「いいえ、その前から良くなくて病院を出たり入ったりしてたんです。元々そう丈夫な方じゃありませんでしたから」

洗髪を終えて鏡の中の顔をのぞくと、額に濡れて垂れた髪が善一を女のように見せていた。主人は乾いたタオルで軽く頭をふいていた。

「お嬢さんはお元気ですか」

「元気にしているみたいだな。淑子が連れて行ったままだからな」

善一が言うと、主人はちらりと鏡の中の善一を見てばつが悪そうな顔をした。

「今年のジャイアンツはまたいけないみたいですね」

「そうなの？」

「この頃は野球はやらないんですか」

「忙しくてね」

「〝麻布オークス〟の方はまだやっとられるんでしょう」

「納会に差し入れを出すくらいのもんだよ」

「そうですか。じゃぜんぜん野球もなさんないんですか」

「二、三年やってないな」

「たしか明日が開幕戦だって、会報に書いてありましたよ。その会報に坊ちゃんの、いや井沢さんの名前もありましたよ」

「名前だけの会長だからな」

「〝麻布オークス〟と言えば昔は強いクラブチームでしたからね。都の大会で優勝したのは何年前でしたかね。まだうちの娘が中学時分でしたから……」

主人は鋏を持つ手を止めて歳月を数えるように目を細めていた。

「三十年以上前になるんですね。お父さんが監督で、後楽園まで応援に行ったのをよく覚えています。胴上げされて嬉しそうでいらっしゃいましたね。あの夜麻布の家で大宴会になったんですよ。私も店を休んで、いや、ずいぶんと商店街の人も臨時休業しましたよ」

「もうちょっと短くてもいいよ」

「そうですか。わかりました」

善一は目を閉じた。

あの夜のことは善一もよく覚えていた。大勢の客が麻布の家の庭に集まって、夜遅くまで歌ったり踊ったりしていた。父が何度も胴上げをされて、万歳万歳とあちこちで声を上げていた。たしか家の離れに住んでいた野球選手が酔っぱらって池に飛び込んで鯉を胸に抱いて家の中に上って来た。

「お父さんは本当に野球がお好きでしたね」

「そうだったな」

「今の児山監督さんは井沢さんの同級生の方でしたよね」

「うん」

「やさしそうないい方ですね」

善一は児山雄次の角張った顔を思い浮べた。

「あの方は大学まで野球をなすってたんでしょう」

「うん。リーグ戦には出ていないけどね。肩を痛めたんだよ」

「そうでしたか。毎年春先と暮れに挨拶に見えるんですよ。クラブの会報を持って、会費を集めにね」

「そう、真面目な性格だからね。ちょっと会報を見せてくれる？」

「はい。お待ち下さい」

数頁しかない薄い会報だった。ライトブルーの表紙にチームのマークの樫の木が印刷してあった。

八十三号とある。たしか年二回の発行だったから四十年以上続いていることになる。今年の試合予定とチームの現状が記してあった。各頁の下にこの界隈の商店の広告が掲載されていた。裏表紙に選手全員の名前とポジション・年齢・出身校が紹介してあった。その一番下に番外のように善一の名前があった。

児山らしいやり方だと思った。

「ちゃんと井沢さんの名前が載ってるでしょう。私はこれを見る度に、元気に野球をやってらっしゃるんだと思ってたんですよ」

裏表紙の下に〝木塚精米店〟の広告があった。木塚次郎も一時〝麻布オークス〟に入っていた時期があった。次郎は足が速かった。

「木塚さんのところは変わりないかな」

善一はさり気なく言った。

「去年の春先、ビルにされましたよね」

「そうらしいね」

「けど大変みたいですよ。このあたりもどんどん住んでる人が引っ越して、昔のお得意がいなくなっちゃうでしょう。それに近頃の若い奥さんは米をスーパーで買うでしょう。おばあちゃんはビルにするのは反対だったみたいだし……」

鏡の中の善一が髪を短くして、ひどく若返ったように見えた。

「ほら皆ビルになってしまうでしょう。年寄りにはコンクリートの中での暮しがきついらしいんです。麻布のお宅の周りもほとんどマンションになってますしね。陽当りが悪くなったんじゃないかな、あそこも半分ビルにしたみたいだから」

「本当に？」

「ええ、ご存知なかったですか」

「人手に渡ったものだからな」

「そうですよね」

「じゃ庭をつぶしたのかな」

「いいえ、離れがございましたね。あっちの方を半分」

「西側だ。それにしても詳しいね」

「今でもお宅の前を通りますと、つい昔のことを思い出して見てしまうんですよ。樫の木はちゃんとございますよ。あの木はこの界隈のシンボルみたいなもんでしたからね。私の死んだおやじもあの木が好きでしてね。時々庭に入れてもらってたんですよ」

「そうだったかな」

「ええ、お祖母さんとお茶を飲んだりしてなかなか帰って来ませんでした」

麻布の家の樫の木は床屋の主人が言うように昔はどこからでも見られるほど大きな木だった。近所の人は善一の家のことを井沢家と言わずに、

「井沢さんなら、あそこの樫の木の家だよ」

と言っていた。

散髪を終えて善一はソファーに腰を下ろして煙草を吸った。頭を撫でると、手のひ

らに心地良い感触が伝わった。

「なんだか野球をしていた頃を思い出すな」

「そうですね」

主人が笑った。

表通りを軽四輪自動車がクラクションを鳴らして通り過ぎた。

「木塚さんだ。呼びましょうか」

主人が言った。

「やめてくれ」

善一があわてて言った。主人は怪訝《けげん》そうな顔をして善一を見た。

「悪いんだが、俺が今日ここに来たことは木塚には内緒にしておいてくれ」

「はあ……」

会計をして、木塚のことを念を押してチップに一万円置いて善一は床屋を出た。早足で商店街を歩き、やって来たタクシーに乗り込んだ。

「どちらへ」

「麻布十番へ行ってくれ」

車が木塚の店の前を通ろうとした。善一は顔を手で隠して身をかがめた。

「十番じゃなくて、紀尾井町へ行ってくれ」

「紀尾井町のどのあたりで」

善一は紀尾井町にあるホテルの名前を告げた。ラジオから野球中継が流れていた。ホームランを打ったのだろうか、アナウンサーが大声を上げていた。

「どことどこがやってんだ」

「巨人と阪神ですよ」

「どっちが勝ってる」

「阪神が九点目を入れたところです。なっちゃいないな今年のジャイアンツは」

「ジャイアンツファンなの」

「ええ、おやじの代からですよ」

善一はバックミラーに映った若い運転手の目を見てから、ふと父の顔を思い出した。父は狂がつくほどのジャイアンツファンだった。

ホテルの部屋から五反田の河田に連絡を入れた。河田は不在だった。

大阪での始末が終ったことと〝星和〟の様子を聞きたかった。ついでに梅垣の手数料の件も文句を言いたかった。

善一はシャワーを浴びた。

バスルームを出て化粧室の鏡の前に立つと、スポーツ刈りの自分が別人のように見えた。これなら吉川もすぐにはわからない気がしたが、鋭い彼の視線を思い出して、そんなわけにも行くまいと思った。

窓辺に寄ってカーテンを開けた。どんより曇った空の下に赤坂・青山・虎ノ門のビルが見えた。今までに何度か見た風景なのに、眼下の街がどこか冷たくてそらぞらしい街に見えた。ここはもう善一の生れ育った場所ではない気がした。ぽつぽつと灯りはじめたビルの窓にいる人間たちが自分を嘲笑《あざわら》っている。建物のひとつひとつが自分を拒絶している。

「俺は……失格者なんだ」

三年前に麻布の家を手放す時でさえ決して認めようとしなかった言葉が口からこぼれた。

「四十五年間、俺は何ひとつまともなことをして来なかった。見栄を張って、うわべだけの恰好をつけてすべてを失ったんだ……。いつも嫌なことからは逃げ出して、甘い匂いのする場所だけをお調子者のように渡り歩いていたんだ。女房と娘に愛想をつかされ、友人をひとりずつ裏切ってな」

ひとり言を言っているうちに鳥肌が立ってきた。目の前のガラスを打ち破って、身を投げてしまいたくなった。

「死ぬ勇気もないくせに」

善一はつぶやいてから、かすかに笑った。

「死のうなんて考える人間じゃないんだよ」

善一は怒鳴り声を上げてから、声を出して笑った。笑いながら部屋をうろついた。そうして床に寝転がると、ふいに涙があふれてきた。誰でもいいから、自分を救ってくれる人間はいないものかと思った。

「誰もいやしないんだよ、善一」

天井にむかって怒鳴りながら、唾を吐いた。何度も何度も唾を吐きながら、善一は目を閉じた。

目を覚ますと、ベッドサイドの時計は八時を過ぎていた。昨夜から一睡もしていなかったから眠ってしまったのだろう。善一は起き上って、ベッドに腰をかけた。脱ぎ捨てた上着のポケットからはみ出した紙が見えた。手に取ると、それは麻布の床屋でもらってきた〝麻布オークス〟の会報だった。

裏表紙に印刷された自分の名前と児山雄次の文字を見つめた。

善一は電話を取った。

「家の者は皆今朝から館山の方へ遊びに行ってるんだ」

雄次はコーヒーをいれながら言った。

「連絡をしたんだが、会社は誰も出なかったぞ。どうかしたのか善一」

「事務の女の子が病気でね」

「そうか、ならいいが。留守番電話くらいは入れといた方がいいんじゃないか」

「セットを忘れたんだろう」

「どこか行ってたのか」

「ちょっと関西へな」

「仕事か」

「うん」

「上手く行ってるのか」

「ぼちぼちってとこだ」

「三年前の二の舞いをするなよ」

「わかってるさ」

「驚いたよ」

「何が」

「その頭さ」

「これか……」

「坊主にでもなったのかと思ってさ。短髪が嫌だからって、野球部を退めたおまえがそんな髪をしてあらわれたんでな」

「明日は開幕戦だってな」

「そうだ。降らなきゃいいんだがな」

「俺のユニホームはまだあるのか」

善一の言葉に雄次が顔を見返した。雄次の目が自分の今の立場を見透かしてしまいそうで、善一はうつむいた。

「勿論、あるさ。ちょっと待ってろ」

雄次は部屋を出て階段を上って行った。彼の仕事机の上に家族で写した写真が立てかけてあった。雄次の妻と一人息子と二人の娘がどこかの別荘の前で笑って並んでいた。

「ほら、与那嶺の背番号の七番だ」

雄次はグレーのユニホームを応接机の上に置いた。

「会長がお出ましなら皆喜ぶさ」

「知らない名前ばかりだったな」

「現役は皆若いからな。それでも納会の差し入れは皆覚えているよ。おまえの名前を言ってから乾杯してるんだから」

「ゲームはどこでやるんだ」

「有栖川《ありすがわ》のグラウンドだ。午後からの試合だから十二時にこのビルの下に集合になっている」

「直接行くよ」

「そうか、なら一時にグラウンドに来ればいい」

「わかった」

善一が立ち上ろうとすると、雄次は仕事机の背後のロッカーからボストンバッグをひとつ出して、

「スパイクもグローブも入ってるから」

と机の上のユニホームをバッグに詰めてくれた。

「時間があれば少し飲みたいんだが、犬の散歩を言いつけられてるんでな」

「いいさ、またゆっくりで。じゃ借りて行くよ」

善一がドアを開けると、雄次が、善一と、呼んだ。ふり返ると、

「その髪、結構似合うよ」

と笑った。


試合は七回を過ぎて、序盤にお互いが得点した三対三の同点のまま進んでいた。〝麻布オークス〟の若い投手は軟投型であったが、よく野球を知っているピッチングで塁にランナーを出しても上手く切り抜けていた。相手の都銀のチームの投手はおそろしく球が速かった。回を追うごとにスピードを増していた。

「大振りするな。コントロールがないんだから」

雄次は昔同様ベンチで大声を出していた。帽子から出た髪に昨夜は気がつかなかったが白髪が目立った。誰かに似ている気がした。

「ほらベンチ、元気がないぞ」

その言葉で雄次が死んだ父に似ているのがわかった。

「百四十キロくらい出てんじゃないか。音を立てて来るもんな、インコースのボールなんか」

若い選手が相手投手を見て言った。

「何言ってんだ。あいつを打ち崩さなきゃ、港区の代表なんかなれないんだぞ。ぶつかるつもりで行くんだよ」

雄次が声を荒げて言った。

試合は延長戦になった。ぽつぽつと雨が落ちはじめていた。

「畜生、引き分けたくねぇな」

守備についているナインを見ながら雄次が言った。

「勝てるさ」

善一がはっきりした声で言った。雄次が善一を見て、

「そうだな。勝たなきゃな」

十一回の裏に〝麻布オークス〟は無死でランナーを出し犠打で二塁へ送ると、雄次はピンチヒッターを二人起用して一気に試合の決着をつけようとした。しかし相手投手は二人を三振に打ち取った。

「駄目か」

雄次がつぶやいた。

「まだわかんないさ。コントロールがおかしくなってるよ、あいつ」

善一は相手投手の球数が延長戦に入ってから増えていることを雄次に言った。

「そうか……、そうだな。高校以来だな。おまえのそんな話を聞くのは」

「俺の野球は駄目だ。度胸がないから」

「でもないさ」

十二回の表に今度は味方がピンチになった。拙守もあったが一死で二、三塁になった。雄次は満塁策を指示した。打者が初球をサードに打った。バックホームをした。ランナーと捕手が激突した。鈍い音がベンチまで届いた。審判は右手を上げてアウトを宣告していた。タイムがかかり、雄次が倒れた捕手のところへ飛んで行った。善一も続いた。

「馬鹿野郎、あんな走塁があるか」

善一は相手のランナーを怒鳴りつけた。ランナーは相手の投手だった。

「何がだよ」

若い相手が善一を睨んで言った。

「田舎野球をすんじゃねえよ」

「何だと」

審判が間に入って善一をなだめた。

「善一、守備についてくれないか」

ベンチで雄次が言った。

「俺は無理だ。ずっと野球なんかやってないから、おまえが行けよ」

すると雄次は右肩を指さして首を横に振った。

善一はセカンドの守備についた。ボールが飛んで来ないことを祈った。打者がファーストフライを打った時、自然とベースカバーに入っていた自分に気づいて、何年も忘れていたものが身体の奥から顔を出したように思った。

雨に濡れたスパイクでベンチのコンクリートを踏みながら裏の泥を落としていると、奇妙な快感があった。

味方の攻撃は先頭打者が三振して、次打者が四球で塁に出た。犠打で送ってランナーは二塁に進んだ。次の打者はツーストライクから平凡なサードゴロを打った。その打球を二塁ランナーが交錯して三塁手がファンブルした。

二死ながら二、三塁である。

「よしサヨナラだぞ」

雄次が言った。ベンチが活気づいた。

「次、井沢さんですよ」

隣りで若い選手が言った。善一は雄次を見た。雄次は善一を見返して、うなずいた。善一は雄次のそばに行き、

「俺には無理だ」

「もう選手がいないんだ」

「じゃおまえが打てばいい。俺にはあんなボールは打てっこない。無理だ」

言い合っているうちに打者のカウントがスリーボールになっていた。打者が四球になって、満塁になった。

「たまにゃ無理もしてみろよ、善一」

雄次が言った。

善一はバットケースから手頃なバットを引き抜いてバッターボックスに入った。両足が強張っていた。

構えるとひどくマウンドが高く見えた。投手の上背があるせいか、一球目のボールが目の前を横切った時ただの黒い影が音を立てて通り過ぎたように見えた。

打てないと思った。二球目も同じだった。ストライクと叫ぶ審判の声がやけに遠くで聞えた。オーケー・ピッチャー、こりゃ案山子《かかし》だ、と捕手が言った。善一はベンチを見た。雄次も味方の選手もぼやけて見えた。

善一はバッターボックスを外した。濡れた顔を手でぬぐってから、大きくため息をついて素振りをした。

その時耳の奥で声が聞えた。

「善一、臍《へそ》に力を入れて相手を睨みつけるんだ。打ち込んでやる、と言ってみろ」

野太い声だった。

「言ってみろ、打ち込んでやると」

バッター早く入りなさい。審判の声がした。善一はバッターボックスに入ると、譫《うわ》言《ごと》を言って、投手を睨みつけた。投手の足が上って、上唇を噛んだかと思うと左肩に衝撃が走った。訳がわからなかった。身体がはじかれたようにあとずさって倒れた。濡れたグラウンドの泥の冷たさが頬について、自分が死球を受けたのがわかった。

「当りに来ましたよ」

捕手の怒鳴る声が、マウンドを駆け降りて来たのだろうか投手のストライクゾーンのボールだ、と言う声に重なった。

「デッドボール」

審判が大声で言った。

「大丈夫か、善一」

見上げると雄次の顔が雨のしずくの中に揺れていた。

足元が少しおぼつかなかった。

それでも善一は気分が良かった。傘を差したまま片手のボストンバッグを揺らした。バッグが重い気がした。中身は薄汚れた上着とズボンだけである。

グラウンドに行く前に入れてあった預金通帳と印鑑は今しがた別れた雄次に渡した。

初戦勝利の宴会のあとで善一は雄次と二人で霞町のスナックに行った。何もかもすべての事情を雄次に打ち明けた。木塚次郎のところへ金を返してくれるように頼んだ。雄次は黙って引き受けてくれた。

別れ際に雄次は、

「居場所が決まったら連絡してくれ」

と言った。

「わからない」

と善一はこたえた。

坂道を上りはじめると、ふたつの傘が下りて来るのが見えた。親子連れのようだった。塾の帰りを迎えに行ったのだろうか、少年の方は手提げ袋を持っていた。

「野球のおじさんだ」

すれ違いざまに少年が善一のユニホーム姿を見て言った。

「野球のおじさんか……」

善一は二人をふり返って笑った。

こんな夜遅く野球のユニホームを着て歩いている方が変なのだろう。構うものかと思った。行くあてなどないのだ。とにかくこのまま歩いていたかった。

坂道の途中で善一は立ち止まった。東京タワーがガラス細工のようにかがやいていた。

「綺麗だ……」

子供の頃はいつも眺めていた東京タワーが善一にはいつの頃からか目に止まらなくなっていた。じっとその場に立って眺めていると、タワーの下の部分を丸い影が切っているのに気づいた。

「何だろうか、あの影は」

どこかで見たことがある形をしていた。

善一は、あっ、と声を上げた。

影は麻布の家の樫の木であった。ビルのはざまからシュークリームのような形の木の影がのぞいていた。

善一は急に樫の木をもっと近くで見てみたい衝動にかられた。あのひんやりとした幹の肌ざわりにもう一度触れてみたかった。根元に腰を下ろして背をもたれ揺り椅子に身を預けているような心地良い感触を味わってみたい……。

彼は坂道を早足で上り出した。丘の上から道を左に折れた。先刻まで見えていた樫の木はビルにさえぎられて消えていた。善一はどんどん歩いた。子供の時分から何度となく歩いた麻布界隈の道である。目をつぶっていても家まではたどり着ける。

善一は家の前に立った。玄関は新しい入居者が建て替えていた。しかし樫の木はてっぺんをのぞかせていた。彼は隣りの敷地との間にあるわずかなすき間に身体を横にして侵入した。二十メートル程進むと案の定そこから塀が低くなっていた。夜中に家を抜け出す時に利用した抜け道である。

塀によじ登って、頭だけを出して中の様子を窺った。床屋が言っていたように離れがあった西側半分はビルになっていた。母屋は濡れ縁も池も築山も昔のままである。そして母屋の屋根をかばうように樫の木は少しも変わらずに空をおおってそびえていた。

家人はもう休んでいるのだろうか。雨戸が閉じてあった。留守なのかもしれない。

た。

善一は上半身をゆっくりと持ち上げて塀に足をかけると、そのまま築山に飛び降りた。

雨に濡れたつつじや芝がかすかに光っていた。周囲を見回すと、自分が三十数年前に戻って来たような錯覚を起こしそうになった。

雨戸がふいに開いて、祖母が笑って手招く姿が浮んだ。白い絣《かすり》の着物を着て腕組みをして樫の木を見上げている父の姿がおぼろに見えてきた。かたわらのちいさな浴衣は帯の紅色で和恵のような気がした。

「何だ、皆こんなところに居たのか」

善一は嬉しくなって樫の木にむかって歩きはじめた。

樫の木の根元は土が乾いていて、昔と同じだった。雨の日に樫の木の下に座っていると濡れずにすんだ。時折雨垂れが頭の上や腕にこぼれ落ちてきて気持ちが良かった。風邪を引くよ、と祖母に言われても善一はそこから動かずに居た。

善一は幹に背をつけた。ごつごつした木肌が身体の芯のようなところに響いた。右膝のそばの瘤《こぶ》のように盛り上った根株に触れた。左手で逆の方をさぐると同じような根株があった。後頭部をつけた。

「この感じだ。揺り椅子に似た、この感じだ」

善一はつぶやきながら目を閉じた。樫の木に抱かれていた遠い日の感覚がよみがえってきた。こうして眠っていれば、そのうち誰かが起こしに来てくれる気がした。頭上で葉から葉にこぼれ落ちる水音が聞えた。

――ほら、あそこに見えるのがかしの家よ。

学校の帰り道に坂下で善一の家を見上げて二人の女が話をしていた。

あれは僕の家だよ、と少年の善一は自慢したかった。

――あっそう、あれがかしの家なの。

もうひとりの女が感心したように言った。その女たちの会話が幼い善一には、自分の家がお菓子の家だと話しているように思えた。

そのことを或る夕暮れ、父に聞いたことがあった。

――父さん、これはお菓子の木なの？

――これはお菓子なんかじゃないんだ。樫の木と言って、私が死んでからもずっとここにそびえている立派な木なんだ。いいか、おまえは井沢の家の跡取りなんだから、この樫の木のように大きくならなくてはいけないんだぞ。この木の下には、この幹や枝より大きな根があるんだぞ。それを忘れるな。根がしっかりした人間になるんだぞ。

と父は真剣な目をして言った。

「そうだよな……、お菓子の家なんかじゃなかったんだよな」

善一は目を閉じてつぶやきながら、何度もうなずいた。

雨はやみそうになかった。

善一はこのまま自分がここにいてもいいものかどうか、わからなくなっていた。ただどうしようもなく眠かった。

受け月

「この歳になりまして、あなたの朝帰りの理由《わけ》がようやくわかりました」

妻の沙《さ》やが鐵次郎《てつじろう》のユニホームをボストンバッグに入れながら言った。

鐵次郎は縁側に座り込んで吸いかけの煙草の先の灰を三和土《たたき》に落とした。

先月までは赤味をおびていた庭の紅葉の葉はおおかたが落葉して、小池の淵に溜っていた。秋の終りを告げる長雨がようやく上って、風音が鳴るように聞えはじめた朝であった。

「よろしゅうございますね」

妻の声に鐵次郎はふりむいて、

「何がだ？」

と聞き返した。

近頃、沙やはひとり言をぶつぶつと口にすることが多くなった。婆さんになったのだ、と鐵次郎は思っているが、それでも時々そのひとり言が自分にむかって何かを話していたのだと怒ったように言われるので、三度に一度は返答をするようにしている。それでも二度に一度は、

「何か、私話しておりましたか」

と怪訝《けげん》そうな顔で言われる。

「いや何も……」

鐵次郎は知らぬ顔でこたえて舌打ちする。

十八歳の時に自分のところへ嫁に来て五十年が過ぎているのだから、少しは調子がゆるくなってもしかたない。

「本当によろしゅうございました」

庭にむきなおった鐵次郎の背中に、また妻の声がした。鐵次郎は顔だけを妻にむけた。

「ねぇ、あなた」

「何がだ」

「ですから、朝帰りでございます」

「朝帰りがどうしたんだ」

「いえね、京都へ遊びに行かせていただきましたでしょう。その時……」

九月の終りに沙やは孫のさやかと二人して京都へ紅葉を見に出かけた。孫といっても、さやかはもう二十歳であり、去年結婚していた。夫が入院をしているというのに、この孫は老婆を連れて山遊びへ出かけたのである。

「その時何だ？」

鐵次郎は妻の背後の置時計を見上げた。もうすぐ八時である。助監督の内村が迎えに来る時間だ。鐵次郎は少しいらだちはじめた。

「その時、私さやかと二人で生れて初めて京都のお茶屋さんに行きましたの」

「で？」

「舞妓さんが綺麗でした。つい見惚れているうちにお酒がすすみまして。夜明け方まで飲んでしまいました」

どうして沙やはこんなにゆっくりとしか話ができないのかと鐵次郎は思う。

「それは良かったな。もう行くぞ」

「はい、その朝帰りにいいことがありましたの。それをお話ししようと思っていましたのに……」

「もう時間だ」

と鐵次郎は右手のひとさし指で左手首を叩いてから、

「そうだ時計を忘れていた。どこだ時計は」

「机の上に、眼鏡と一緒に置いてございますよ」

ボストンバッグを受け取ると、鐵次郎は玄関先で、

「行って来る」

とだけ言った。木戸を開けようとすると、

「あなた、良い試合でありますように」

といつもの言葉が聞えた。

鐵次郎は表通りに出ると、晩秋の朝空を見上げた。冷たいものが落ちて来ても不思議がないような空模様である。

時計を見た。八時三分前である。坂道の下にある交差点から白い車が折れて来た。

鐵次郎は車を確認して歩きはじめた。運転席にいる内村明の顔がガラス越しに見えた。

「しかしこうして引退が決まってみると、谷川鐵次郎がグラウンドから去るってこと

は少し淋しい気もするな」

「そうですかね。谷川監督の引導を渡したのは、石井専務、あなたじゃないですか」

「おいおい、おかしな言い方をするなよ。私は一番辛い役をやらされたんだぞ」

「猫の首に鈴をかけに行ったってことですか」

「猫？　猫じゃないだろう」

「ライオンですか」

「ライオンか……。そうだな。黒獅子杯を七度も手にする監督はもうあらわれないだろうな。それに、黄金期のプロ野球から監督要請があった男もな……」

東亜熱学の石井久一は彼がまだ現役の社会人野球の選手だった頃の、谷川鐵次郎の颯爽《さつそう》としたユニホーム姿を思い起こした。

「いいか、死ぬか、生きるかだ。塁にランナーがいることなんか考えるな。マウンドの投手が持っているボールだけを見ろ。何も考えるな。思いっ切りひっぱたいて来い」

石井は東亜製鉄野球部に入団した一年目の準決勝戦でいきなり代打に抜擢された。後楽園球場を埋めつくした観客の熱気に彼は圧倒されていた。新人選手は谷川の声にただうなずいているだけだった。

いきなり頬を平手打ちされた。

「行って来い、石井」

「はい」

無我夢中で振ったバットにボールの方が当ってくれたようなヒットであった。

翌日の新聞に『谷川野球、気合の平手打ち』と見出しが出た。その行為をとやかく言うノンプロ関係者もいた。しかし大半の谷川ファンは大喜びであった。

――あの日から三十数年が経つ……。

石井は、車がまいりました、という総務の女性の声に目覚めたように椅子から立ち上った。

「では専務、最後の試合には社長も見えるそうですから、そのことをよろしく伝えて下さい」

総務部長が石井に丁寧にお辞儀をした。彼はうなずいてから、上着のボタンをかけ直すと開かれたドアを通り抜けて、大理石の支柱が影をこしらえている廊下を歩き出した。

「降らなければよろしゅうございますね」

運転手がフロントガラスに映る空を見て言った。

「そうだな」

石井は球場のある山側の空を見た。

「谷川さんも今年で終りだそうですね」

運転手が言った。

「ながい間よくやってもらったよ」

「本当でございますね。東亜の野球の代名詞のような方でしたものね。谷川野球を私もずっと見てまいりましたから……」

「君も製鉄時代からか」

「ええ、熱学の方にまいりましたのは五年前でございます。熱学の初優勝の年です」

運転手は嬉しそうに言った。

「そうだったな」

「ええ、野球部新設の一年目でいきなり優勝でしたからね。やはり谷川さんの力はたいしたものです」

「…………」

石井は返事をしなかった。たしかに初優勝は祝事であったが、それから二年後の谷川に対する野球部内での造反劇は今思い出しても忸怩《じくじ》たるものが石井の胸に残っていた。

谷川の指導のやり方に不満を持った半数近くの野球部員が、こともあろうに本社の東亜製鉄の上層部に直訴をした。そのことが社長の佐藤慶吉の耳にも入った。佐藤慶吉は東亜の中興の祖と言われた佐藤惣吉の息子である。その前年にノンプロ野球界の理事長に就任したばかりであった。佐藤慶吉が理事長の役職に就いたのは、永年そのポストにいた先代惣吉の七光りによるところが大きかった。造反劇の原因は谷川鐵次郎の過激な行動にあった。

「日本刀を鼻っつらにむけられたんですよ」

声を震わせて話す新人選手の口から、日本刀という言葉を聞いて石井は目を閉じた。

「責任は君にもある」

本社に呼ばれて社長から石井は言われた。

谷川を引退させるまでのこの三年間、石井は谷川野球の信奉者の声を無視した。今日の定期戦が終れば、あとは引退試合だけである。石井はヨーロッパ出張の出発日が重なっているので、谷川の引退試合を見送ることができない。しかしそのことは石井には反面好都合に思えた。

たしかに谷川鐵次郎に恩義はある。それはまぎれもない事実である。練習中に左肩を複雑骨折して野球を断念せざるをえなくなった時、先代の社長の佐藤惣吉に秘書課へ招かれたのは、谷川の口添えによるものだと聞かされている。野球好きの先代は目をかけてくれて、海外出張に同行させ、大きなプロジェクトの仕事に石井を参画させてくれた。それが今日の地位に繋っていることは事実だ。

盆暮れの、谷川への挨拶を欠かしたことはない。しかし役職が上になっても、谷川は石井を野球選手の時と同様に、気の弱い男としか見ていないように思えた。そのことだけが忌々《いまいま》しいのではない。石井も自分がそんな器量のちいさい男と思ってはいない。でなければ東亜グループの重要な一部門の重役にまで昇れるはずはない。

息子の雄一のことである。

雄一は、谷川鐵次郎の孫娘に惚れたのである。いきなり、

「父さん、この女性《ひと》と結婚したいんです」

と家に若い女性を連れて来たことも驚いたが、それ以上に、

「谷川さやかと申します。祖父がいつもお世話になっております」

と言われた時、娘の目元を見て呆然とした。石井はこの結婚に反対した。妻にも理

由は話さなかった。

息子は家を出て、谷川の孫娘と一緒になった。式も挙げず入籍を二人で済ませて暮しはじめた。

そのことに関して谷川の家から何ひとつ石井に挨拶がないことも腹立たしかった。鐵次郎にとっては孫娘だから、彼の方から石井に挨拶をする筋合いのものではないかも知れないが、自分は谷川の上司である。ひと言あってもいいはずだ、と石井は思っていた。

だから夏の終りに息子が入院した話を聞いても、彼は見舞いにも行っていない。いや、一度だけ妻に言われて病院に行った。病室のドアを開けようかと、ためらっている時に先客があったようで病室から声が聞えた。

谷川鐵次郎の声だった。

現役当時何度も聞いたしわがれた太い声だった。石井は引き返そうかと思った。

「いいか、祈ったりしては駄目だぞ。自分で乗り切ると、性根をすえるんだ。誰も助けてはくれないぞ。生きるか、死ぬかだ。祈ったり助けを乞うてはいかん。おまえの力でここを乗り切るんだ」

石井は逆上した。

グラウンドで言い続けてきたことを息子に言っている。それも病院でである。

「どうもお待たせしました」

運転手の声と車が停車した振動で、石井は我にかえった。

「ご苦労様です」

ひと足先に到着していた総務の若手社員がドアを開けた。

石井は〝東亜熱学球場〟の文字が見える球場正面の入口を通り抜けて行った。この球場も石井が本社に無理を承知で頼みこんで建設したものであった。

グラウンドに入ると、助監督の内村が石井の姿を見つけて挨拶してきた。谷川引退のあとの監督に就く男である。無口ではあるが、選手から人望があった。

「どうだい調子は？」

「はい、ようやくルーキーが使いものになってきたようです」

「そうか、もう蚤《のみ》の心臓じゃやなくなったか」

石井の言葉に内村が笑った。

内村がルーキーと呼んだ、昨秋プロ野球のドラフト会議の注目選手だった新人投手の江島がブルペンで投球練習をしていた。すぐかたわらで腕組みした谷川がじっと彼の投球フォームを睨んでいた。

「相変らず元気そうだな、監督は」

「まだ十年はやれそうですね」

内村が言うと、

「決まったことだ。そんな話題はしない方がいいよ、内村君」

と石井が口調をあらためて言った。

石井は谷川のそばまでは行かず、少し離れた場所から、声をかけて会釈した。谷川は一瞬うなずいただけだった。

試合は同県のライバルチームである宇島興産が初回に大量得点を取って、そのまま押し切った。春季も秋季も東亜熱学はこの宇島興産に地区代表の座を奪われていた。

野球のゲームとは不思議なもので、勢いのあるチームはどんなプレーをしていてものびやかに見えるが、それとは逆に連敗を続けているチームはひとりひとりのプレーがひどくぎこちなく映る。宇島と東亜の試合はまさにその典型だった。

めった打ちにされたルーキーを谷川はマウンドから降ろさなかった。哀れに見える打ちのめされ方であった。ブルペンで見た華麗なフォームと本番でのマウンドの彼のフォームは別人に見えた。

「どうして投手を替えないんでしょうかね」

スタンドで石井の隣りに腰かけた総務の若手社員が言った。

「あれが谷川野球なんだ」

「ひと昔前の野球じゃないんですかね。今は短い継投策で切り抜けるのがセオリーだと思いますがね」

「そう思うか」

石井はスコアボードの数字が増えるのを見ながら言った。

「リトルリーグだって、そうしてますよ」

若手社員は不満そうにこたえた。

「君は野球をしていたのか」

「ええ、小学生の時に少し……。東亜に入社したのも野球が強いと聞いてましたから」

試合が終って、石井は自軍のベンチに行った。

「監督さん、どうもお疲れさまでした」

石井は丁寧に頭を下げた。

谷川はスコアブックを見ていた顔をちらりと上げて、うんと返事をして、また目を落とした。

「最終戦は私、海外出張に出る日でしてご挨拶できません。どうか良いゲームを」

するとと谷川は顔を上げて、

「ながいこと行ってるのか?」

と聞いた。大きな目の玉で見られると、石井は一瞬たじろいだ。

「二週間の予定ですが……」

「そうか」

それだけ言うと谷川はまた下をむいた。石井は腹が立った。

「最終戦は本社から社長が見えるそうですので宜しくお願いします」

「わかった」

石井はそのまま球場を出て社に戻った。

鐵次郎が夕刻家に戻ると、さやかが家に来ていた。

夫の雄一が入院している大学病院がこの町にあるので、さやかは週末になると老夫婦の家に泊りに来る。さやかは鐵次郎の長男の娘である。孫娘が家を出て恋人と所帯を持つようになったことは沙やから聞いていたが、その相手が石井久一の息子と知ったのはあとのことだった。

鐵次郎の五人の孫の中で、さやかは妻の沙やと妙に気が合うようだった。父親が海外向けプラントのエンジニアで家を空けることが多く、母親も働いていたせいか休日になると遊びにやって来た。名前が似ているのも二人は気に入っているようだった。

「お帰んなさい。鐵さん」

玄関にエプロン姿のさやかが迎えに出た。さやかが幼い頃から鐵次郎は爺さんとは呼ばせなかった。年寄りくさくて嫌だった。

「ゲームはどうだった?」

普段鐵次郎は家では野球の話はいっさいしないのだが、さやかにだけは違っていた。

「完敗だ」

「そう、いけませんね」

口のきき方が妻に似ていた。

「まったくだ。いけませんな」

鐵次郎の言い方にさやかが笑った。白い歯がこぼれて、かたえくぼがのぞいた。妻の若い時分にどこか似ている。

「雄一君の具合はどうだ？」

「今日は元気よ。あとで病院へ行くけど」

「そうか、それはよかった」

「野球の試合のこと気にしてたわ」

「完敗と言ってやれ、老いぼれ野球はもうガタがきたってな」

「オーケー」

さやかはボストンバッグを持って台所の方へ歩いた。

「鐵さんがお帰りですよ、沙やさん。本日は完敗でしたと……」

「そう、いけませんね」

沙やの声がした。

孫婿の病気は心臓病であった。もうすぐ手術をするという話だった。見舞いに行くと元気そうに見えるのだが、妻に聞くと大変な手術になると言われた。

初めて病院で逢った時、孫婿は父の石井久一の話をした。

「そうか石井君の倅か」

そう思って見ると、新人で入部して来た頃の石井の面影があった。

「父はどんな選手だったんですか」

「新人でいきなり大殊勲打を打った選手だ」

「へえ、父は一度もそんな話を僕にしたことがありません」

　素直そうな青年だった。


「これは何と言う料理だ。寄せ鍋か」

　卓袱台《ちゃぶだい》の中央の銅鍋を見て鐵次郎が言った。

「ブイヤベースって言うのよ」

　さやかが小皿に魚身をよそいながら言った。

「さやかさんがこしらえてくれたんですよ。今夜はお祝いだから。あっ、私がやるわ。あなた火傷《やけど》するといけないから」

　沙やがさやかに鍋をよそってやった。

「おおきに」

　さやかがこたえた。

「ばあさんを遅くまで連れ出すんじゃないぞ。もう齢《とし》なんだからな」

「かんにんどす」

　さやかがまた京都弁で言った。沙やは笑って二人を見ている。ひと昔前、子供たちが食卓で話をすると、黙って食べろ、と怒鳴っていた鐵次郎が、さやかには何も言わない。

「あとひとつで引退なんだってね」

さやかが言った。沙やが鐵次郎を見た。

「淋しくないの？　ユニホームを脱ぐって」

鐵次郎は黙って海老を食べている。雰囲気を察してか、さやかもそれ以上は野球のことを話題にしなかった。

「ねぇ京都っていいよね、沙やさん」

「ほんとにね」

「鐵さん、京都に行ったことあるの」

「昔、京都大丸というデパートのチームと野球の試合をしに行ったことがあったな」

「夜はやっぱりお茶屋さんへ行ったの」

「どうだったかな」

「あっ、その顔は遊んでるんだ」

「遊ばない男がいるか」

「沙やさん、不公平だよね。まあ鐵さんが引退したら、二人で旅行でもしたらいいね」

「馬鹿を言うな。何かと用がある」

「何があるの？」

「ひとりほど蚤の心臓がいる。そいつを治さにゃならん」

「心臓が悪いの？」

　さやかが真顔になった。

「いや、そうじゃない。度胸をつけにゃいかんということだ」

「それは新しい監督さんがやればいいんでしょう」

「そうもいかん」

　さやかは沙やの顔を見た。沙やの目が笑っている。

「お茶をくれ。出かけるからジャンパーを出してくれ」

「どちらへ？」

「合宿所だ。決まってるだろう」

「ねぇ、鐵さん。ちょっと聞いていい」

　隣りで自転車を押しながら歩くさやかが言った。

「何だ？」

「人がさ、自分でない人のために祈る時はさ。どんなふうにしたら通じるのかな」

「何のことだ」

「だから、私は毎日雄一さんのためにお祈りをしてるのよ。ところがさ、私は元気で雄一さんは身体の具合が悪いわけでしょう。お祈りのしかたが悪いのかなって、思って……」

鐵次郎は生れてからこのかた何かを祈るということをしたことがなかった。祈るという行為が、すでにそこで人間を弱者にしていると考えていた。

さやかが立ち止まった。

空を見上げていた。冬の星座がきらめいていた。

「星を見てもさ、山を見てもさ。私毎日祈ってるの。どうか早く雄一さんが元気になりますようにって。でもちっとも通じない。私の身体の半分が、いいえ、全部を雄一さんのととっかえてもいいですよって、祈ってるのに……」

孫の頬に涙が伝っていた。

「大馬鹿者。おまえがそんな弱気でどうする。おまえが病気をひっぱたいて雄一君と二人で生還するんだ」

鐵次郎は孫のそばに寄ると、

「涙は最後に流すもんだ。おまえと雄一君なら、きっと乗り切れる。信じろ、わしを」

と半コートの肩を抱いた。

「わしは野球しか知らんが、野球には……」

そこまで言いかけて、鐵次郎は生きるか、死ぬか、と言う言葉をかき消した。

「野球だって、乗り切るんだと信じてグラウンドに立つ奴は笑ってベンチに帰って来るもんだ。大丈夫だ。雄一君を信じろ。おまえが選んだ男じゃないか」

鐵次郎は孫のお尻を叩いた。

「そうだね、私が選んだ人だものね」

さやかは鼻をくしゅんとさせて笑った。


合宿所の隣りにある雨天練習場の電灯が点っていた。

ひとりの投手が投球練習をしていた。球を受けているのは助監督の内村である。

「何度言ったらわかるんだ。ミットから目を離すな。もっと自信を持って投げ込め」

鐵次郎の声が響く。その声に萎縮したわけではあるまいが、投手の投げたボールはホームベースでワンバウンドして捕りそこなった内村の背後に転がった。

「江島」

鐵次郎が投手の名前を呼んで立ち上った。帽子を脱いでうつむいている投手の方へ歩いて行った。鬼のように顔が紅潮していた。マウンドに歩み寄ると、

「なんだ今の投球は。わしはワンバウンドになったことを怒ってるんじゃないぞ。わしに怒鳴られたくらいでビクつくおまえの性根を怒ってるんだ。相手の打者の頭にむかって投げろと言われたら、頭ごと吹っ飛ばすつもりで投げるんだ。打つ方だって生きるか、死ぬかでむかってきてるんだぞ。いいか野球はピッチャーのおまえからはじまるんだぞ。おまえがそんな女みたいな性根なら、バックの八人もベンチもスタンドも全員が女のような野球をやらされるんだ。東亜の野球にはそんな選手はひとりもいなかったんだ」

「は……」

「もっと大きな声で返事をしろ」

「はい」

鐵次郎はうつむいている江島のグローブに入れた方の手を見た。手首に赤と白で編んだ紐が巻きつけてあった。

「何だ、それは？」

「はっ、こ、これは……」

「はっきり言え」

「高校の時からずっとしているものです。これをつけていて甲子園が勝てましたから」

「外せ」

江島が鐵次郎を見た。

「外せ、そんなものに頼ろうとするから、おまえは駄目なんだ」

鐵次郎は江島の手を取ると、その紐を引き千切った。千切った紐を江島に投げつけようと手を振り上げた。

その手を背後から摑まえられた。

内村だった。

「何だ！」

「おやじさん、そのくらいにして下さい。江島もよくわかっています。江島はおやじさんの引退を飾りたいから、古いジンクスの紐まで出して来たんです」

「わしがこういうことを」

「わかってます。自分がそうしたいなら、しろと言ったんです。江島も必死でやってますから、どうかあと少し見ていてやって下さい」

鐵次郎は振り上げた腕を下ろした。

鐵次郎は黙って練習場を引き揚げた。

外に出ると、木枯しが風音を立てていた。児島湾の方に月が夜雲を切ってあらわれた。月光がグラウンドを紫色に浮び上らせた。冷たい風景だった。もう何十年とこんな時刻のグラウンドを見て来たのだが、背中が冷たくなるような夜のグラウンドを眺めるのは初めてのことだった。

——終ったのか、わしの野球は……。

言い出しそうで、胸の奥に無理矢理とどめておいた言葉がぽつりと口に出た。

鐵次郎はジャンパーのポケットから煙草を取り出すと、ゆっくりと火を点けた。ほろ苦い味がした。ふいに訳のわからない淋しさが鐵次郎を襲った。胸の中でいつも音を立てて動いていた歯車のようなものが、ほんの数分の間にどこかへ落ちてしまった気がした。その替りに背中が雨に濡れたように重く感じられた。

月は冴え冴えとかがやいて、鐵次郎の寂寥《せきりよう》など知らぬ顔で空にかかっていた。ちいさな吐息がこぼれた。空を見上げて泣いていた孫娘の横顔が浮んだ。

合宿所の方から歌を歌いながら戻って来た選手たちの声が聞えた。鐵次郎は煙草を草むらに放ると、家の方へむかって歩き出した。

引退試合の朝、鐵次郎は沙やに寄るところがあると言って、いつもより一時間早く家を出た。

山手へむかう住宅街の坂道を歩きながら、胸のポケットに入ったお守りが気になった。

昨夜、沙やが寝所で渡してくれたものだった。そんなものを忌み嫌う鐵次郎の性分を知っているはずの沙やが、

「どうかちゃんと持っていて下さい」

と口調をあらためて言った。

沙やと孫娘は京都へ遊びに行ったのではなく、大病快気に効く神社を七社も回って来たのだと妻は打ち明けた。

「あの子はあの子の命と雄一さんの命を取り替えてもいいからと祈っています。明日の手術が終るまで、どうか持っていてやって下さい」

「………」

鐵次郎は黙って、目を閉じていた……。

一軒の家の前で鐵次郎は立ち止まった。表札には石井と記されてある。呼鈴を押した。石井の妻らしき女性の声がした。ドアが開いて、石井の妻は鐵次郎の姿を見ると驚いた顔をした。

「ご無沙汰してます。奥さん。石井専務はいらっしゃいますか」

「はい。こちらこそ。どうぞお上り下さい」

「いや、ここで結構です」

石井は出かける準備をしていたのか、Yシャツにネクタイ姿であらわれた。

「どうしたんですか、谷川さん」

「石井君、今日が雄一君の手術だそうだ」

石井は黙って鐵次郎を見返した。石井のうしろには妻が立っていた。

「わしの孫娘と君の息子が一緒になるまでの事情は知らん。手術は五分五分らしい。わしは上手く行くと信じておる。わしの長男ももう病院にいる。出発の前に元気づけてやってくれ。わしの孫娘のお腹には君の孫がいるそうだ。頼む」

そう言って鐵次郎は深々と頭を下げた。

「監督さん」

頭上で石井の声がした。

七回を終った時点で、江島は宇島興産を零点におさえていた。これが同じチームに先週めった打ちされた投手とは思えないほど、江島の球には伸びがあった。しかし東亜の方の打線も相手投手におさえこまれていた。

八回の表、東亜の先頭打者がスライダーをライト前に運んで出塁した。制球力のいい相手投手を見て、鐵次郎は初球を狙ってヒットエンドランのサインを出した。走者が走り打者はセオリー通り右方向へ打ちかえした。一、二塁間を抜けたと思われた打球を二塁手が横飛びに好捕した。打者はアウトになったが走者は二塁へ進んだ。次打者は三球三振だった。さすがに好投手であった。

内村が鐵次郎に歩み寄った。

「代打を送りましょう」

内村が言った。

「誰かいるのか」

「自分が行きます」

「おまえが」

「ええ、行かして下さい」

ヘルメットを手にした内村の目が光っていた。鐵次郎は苦笑した。

「おやじさん、一発横っ面やって下さい」

「馬鹿を言うな」

「いいえ、頼みます」

鐵次郎はベンチの中の連中を見た。皆笑っている。

音が出るほど鐵次郎は内村の横っ面を叩いた。手がしびれた。昔から何度もしていたことが、こんなに痛かったとは思わなかった。

鐵次郎は主審に代打を告げに行った。途端にスタンドのあちこちで彼の名前を呼ぶ声がした。

鐵次郎はバッターボックスにむかう内村とすれ違った時、彼を呼び止めた。

「もう一発ですか」

「そんなに殴られたいか」

「いいえ」

「うしろをむけ」

鐵次郎は内村のズボンのポケットに手を突っ込むと、ぽんと尻を叩いて送り出した。

内村はフルカウントまで粘った。しかしプレーイング・マネージャーといってもここ数年ベンチにいることが多かったから、かろうじてファウルチップで粘っている状態だった。

「どうした内村、気合いが足らんぞ」

鐵次郎は大声を出した。その声に内村がうなずいた。見送ればボール気味の球を内村は上から叩きつけた。左翼のライン際に打球はふらふらと舞い上った。三塁手と遊撃手と左翼手の三人が打球にむかって走った。球はラインの白煙を上げて三人の真ん中に落ち、ファウルグラウンドに転がった。

その一点が勝ち越し点になった。

江島は相手を完封した。試合後両チームのナインが並ぶ中で、鐵次郎は東亜製鉄社長の佐藤慶吉から感謝状と花束を受けた。

別に感傷的な気持ちにはならなかった。ロッカールームに引き揚げると、現役を退いた連中も姿を見せていた。

ユニホームを着換えていると、内村がやって来て、ポケットの中から茶封筒を渡した。

たように球場の事務所へ行って電話をかけた。


「おやじさん、何ですか、これ」

「何でもない」

鐵次郎は不機嫌な顔をして、内村の手から茶封筒を受け取った。それから思い立ったように球場の事務所へ行って電話をかけた。


市内の中華料理店で、鐵次郎を送る会が催された。地元の新聞社も駆けつけていた。東亜製鉄野球部に籍を置いていた大半の人たちが鐵次郎のながい監督生活を労《ねぎら》った。

重役たちが引き揚げると、宴はいちだんと賑やかになった。そのまま大挙して市中の店へ、二次会、三次会……と宴会が続いた。

意気盛んな若手選手を残して、鐵次郎は内村と店を出た。


「家まで送りましょう。もう三時近いですから。奥さんもお待ちでしょう」

「朝帰りはとうに承知だ」

「いい奥さんですよね」

「世辞を言うな」

「いえ、本当です。自分は助監督になった時、一度挨拶にお邪魔したことがあるんです」

「わしの留守にか」

「すみません。お出かけだったもんですから。その時奥さんから言われました。『ただ野球が好きなだけなんです』って。『怒ったり手を出したりするのは、ただ野球が好きなだけで他に理由がある人じゃない』って。その言葉で自分は助監督を続けて行こうと思ったんです」

「…………」

鐵次郎は黙って、海側に浮ぶ月を見ていた。

「すみません。よけいな話をして」

「かまわんさ」

「タクシーを拾いましょうか」

「いや酔いざましにぼちぼち風に吹かれて帰ろう」

「そうですか、じゃ自分はここで」

と言って内村が、記念の置き時計が入った紙袋を谷川に渡した。

「いろいろ世話になったな、内村。だけどあれだな……」

「何ですか」

「人を殴るってのは痛いもんだな」

「そうですか」

内村が笑った。その笑顔を見て、鐵次郎は手を振って橋を渡って行った。

橋の中央まで来ると、海からの風が頬に当った。

鐵次郎は立ち止まって、川面を見た。糸のように細い月がせせらぎに揺れていた。

煙草を吸おうと思って上着の内ポケットに手を入れると、何かが指先に触れた。取り出すと昨夜沙やから渡されたお守りの入った封筒だった。お守りを手のひらに乗せた。

——ええ、おかげさまで手術は上手く行きました。それに石井さんのことわざわざありがとうございました。

試合が終った後で病院に電話を入れた時の沙やの嬉しそうな声がよみがえった。

銀地に紫のちいさな袋が、欄干の灯りに反射していた。こんなものにもどこか力があったのだと思うと、奇妙な愛らしさを感じた。

〝吉田神社〟と刺繍がしてある。白く結んだ糸がさやかのけなげな涙と重なった。

鐵次郎はお守りをポケットにしまうと、吸いかけの煙草を川に捨てた。そろそろ帰ろうかとコートの襟を立てた。誰かに見られていた気がして空を見上げると、糸のような月がくっきりと浮んでいた。

耳の奥でまた沙やの声がした。

「ええ、ですからね。その朝帰りの時に旅館へ送ってもらったんです。可愛い芸妓さんでしてね。四条の橋を渡る時に月が東に浮んでいたんです。そうしたらその芸妓さんが急に、いやあ受け月どすわ、と言われて、立ち止まって手を合わせたんです。私とさやかがどうしてお祈りをしているのと聞きましたら、受け月に願い事をすると、願い事がこぼれないで叶うって言ってくれたんです。私とさやかも手を合わせてお祈りしたんです。その時私、あなたもこんなふうに月をごらんになりながら、家まで歩いて帰られたんだと思ったんです。朝の冷たい空気の感じって、ほんとによろしいもんですね」

いい加減に聞いていたと思っていた妻の話が、間近にいるように思い出された。

鐵次郎は空を見上げて、あれが沙やの言っていた受け月なのだろうか、と思った。

なるほど月は何かを受けるように盃の形をこしらえている。

鐵次郎はしばらくその月を見つめていた。そうして急に手にしていた紙袋を橋の上に置くと、月にむかって両手を合わせた。何を祈ればいいのか、わからなかった。取りあえずさやかの婿が順調に回復するように祈った。

「ええっ……とですね」

鐵次郎は月にむかってぶつぶつと言いながら、他の孫たちの健康を祈った。こんなもんでいいのか、と思いながら、東亜の野球部のことを思い出して、これも祈った。こんなもんだろう……、と鐵次郎はつぶやいて、もう一度目を閉じた。それから月を見上げて、

「ちょっと注文が多すぎましたかな」

と言った。

鐵次郎は紙袋を手にすると、ゆっくりと歩きだした。すると家で待っている妻の沙やの顔が浮んだ。

――婆さんを忘れてたな。

鐵次郎は立ち止まって、引き返そうと思ったが、何か面倒臭く思えた。彼は橋の袂《たもと》に映った自分の影を見ながら、

「婆さんは近いうちに、どこか旅行にでも連れてってやろう」

とつぶやいて歩き出した。

解説

姜尚中

何かを得ることは、何かを失うことである。

自分をふり返るとき、いつもこの言葉が浮かんでくる。その言葉にはじめて出くわしたのは、忘れもしない十七歳の秋だった。芥川龍之介の『侏儒の言葉』か、三木清の『人生論ノート』か、あるいはそれ以外の愛読書だったか。その出所の記憶は定かではないが、何か深い人生の秘密を言い当てているように思えたのである。

吃音に悩み、自分の出自に煩悶《はんもん》し、愛を告白することすらできない不甲斐ない廃残のような青春。それがわたしの姿だった。地元の名門校に進学し、成績もトップクラスで、傍目にはきっと申し分のない高校生と思われたに違いない。

しかし、野球選手になる夢は萎《しぼ》み、友達とも疎遠になり、ただ独りぽつんとうずくまっている自分がいたのである。

喩《たと》えていえば、わたしは深い谷間に架けられた丸太の上で立ち往生しているようなものだった。丸太を渡りきれば、大人の世界へと誘われていくはずなのに、ふと霧の晴れ間から深淵を覗いてしまい、死の恐怖に駆られて身動きできなくなっていたのである。

その後、わたしはそれなりの学業を修めて、大学、大学院に進学し、そして大学で教鞭をとる身になった。メディアにも登場し、そこそこの名声を得るようにもなった。きっと世間的には「成功者」とみなされているに違いない。わたしは多くのものを得たのである。

だが反面、多くのものを失ったという喪失感を消すことが出来ないのだ。

「テツオ（わたしの日本名）、東大の先生になるより、張本（勲）さんのごたる野球の選手になっとったらよかったとにね」

年老いた母《オモニ》の慨嘆《がいたん》の言葉を聞くたびに、わたしは自分がどこかで足を踏み外したのではないかと後悔したものだ。ただ、その母も、いつしかわたしをからかい半分に「先生」と呼び、叶えられなかった夢を忘れてしまったようだった。母はそれなりに息子が多くのものを得たことに満足していたに違いない。

それにしても、どうしてわたしは野球選手になることを諦めてしまったのか。まるで死児の齢を数えるように、今でもふとした調子にそんな思いに駆られるときがある。

才能がなかった。一言で言えば、それに尽きる。しかし、そうであっても、野球を続けることはできたはずだ。プロでなくても、アマでもいい。草野球でもいいではないか。だが、わたしはそうはしなかった。プツンと切ったように一切、野球を断つことにしたのである。どうして……。

その答えをわたしは伊集院静の作品の中に見出し、思わず唸《うな》ってしまった。この短編集の冒頭の「夕空晴れて」の中の会話の一節は、あらためて野球の奥義の深さ、そして人生の深い味わいを教えてくれたのである。

「……野球はもういいですよって、私が言ったら『そうだろう、つまんない野球はもうやめろ。神様がこしらえた野球をやろうや』と笑って言われました。……」

「……何より楽しかったのは先輩たちとやった草野球でした。自分はもし先輩に逢うことがなかったら、きっとつまらない野球をした男で終っていたでしょう。そんな野球と出逢えてから、この町がひどく好きになったんです。……」

単なるゲームやスポーツ、気晴らしの遊技とも違う野球。しかも「神様がこしらえた野球」と言ってのけられるのは、尋常ではない。でも得心がいった。わたしが野球を止めたのは、つまらない野球をやっていたからである。

「つまらない野球」——それは、ひたすら自己顕示欲に駆られた、自分中心の野球のことなのではないか。他人よりも秀《ひい》で、誰からも羨望の眼差しで見られるような、そんな花形選手になってみたい。自己顕示欲の塊だったわたしは、その裏返しとして不安に苛《さいな》まれ、「つまらない野球」に入れあげていたのである。

だが、スターになれるのは、ごく一握りの選ばれた者たちだけである。彼らは生まれながらにして神様の設《しつら》えた舞台で脚光を浴びるように決定されているのだ。

スター・ダストが遮二無二《しゃにむに》スターになることしか頭にないとしたら、何と滑稽で痛ましく、そしてつまらないことか。スター・ダストはあくまでもスター・ダストなのだ。

しかし、凛《りん》としてそれを受け入れ、恬淡《てんたん》とした断念の上に「神様がこしらえた野球」をやることはできる。スター・ダストにはスター・ダストなりの輝きがあり、スター・ダストだからこそ、燻《いぶ》し銀《ぎん》のような味わい深い輝きを示すことがあるのだ。

「夕空晴れて」の小田や冷泉、「切子皿」の父の正造、そして「受け月」の老監督の鐵次郎。彼らはみなそんなスター・ダストなのだ。彼らには、もったいぶった仕草などどこにもない。この世の喜びも悲しみも、美しさも醜さも、清浄さも汚濁も、ともに懐深くしまっておける、突き抜けた潔さがある。その「悲しい胆力」とでも言えるような、自分の人生に対する潔さ、それが彼らの生き様の中にそこはかとなく漂っているのである。

そこには、欲がぎらついたような油絵の世界ではなく、淡い水墨画のような独特の世界が広がっている。

そして伊集院静の世界が独特なのは、そのような恬淡とした世界が、実は、時のうつろいにもびくともしない悠久《ゆうきゅう》の何ものかへの祈りに支えられていることである。

身を持ち崩していく、「菓子の家」の主人公善一が樫の木に抱かれていた遠い日の記憶にひたるシーンには、都会の変貌する風景の中で、それでも物静かに悠久の時間を刻み続けるものへの憧憬にも似た祈りがこめられている。

それは、伊集院静という作家の中にくぐもり続ける虚無の影と表裏一体をなしているように思えてならない。その影が深ければ深いほど、祈りも深いのだ。伊集院静は、それを神や信仰という言葉で表現することはないだろう。漱石の『門』の主人公のように、決して宗教の門をくぐることはないからである。

無頼の身の上は、伊集院静にこそふさわしい。しかし、無頼の生き方とは、ただ虚脱の魂を引きずって生きることではないはずだ。深い虚無に苛まれる身の上だからこそ、悠久なものを願う祈りも深いのではないか。その意味で、この短編集の主人公たちは、ある意味でそうした伊集院静の分身なのかもしれない。伊集院静という作家は、最期の血ヘドを吐くまで、その祈りをやめることはないだろう。この作家の芯《しん》の部分に息づく無垢《むく》な魂に魅せられたのは、わたしだけではないはずだ。

この作品は一九九五年六月、文春文庫として刊行されました。

|著者|伊集院 静　1950年山口県防府市生まれ。'72年立教大学文学部卒業。'81年短編小説「皐月」でデビュー。'91年『乳房』で第12回吉川英治文学新人賞、'92年『受け月』で第107回直木賞、'94年『機関車先生』で第７回柴田錬三郎賞、2002年『ごろごろ』で第36回吉川英治文学賞、'14年『ノボさん 小説 正岡子規と夏目漱石』で第18回司馬遼太郎賞を受賞。'16年紫綬褒章を受章。'21年第３回野間出版文化賞を受賞した。著書に『三年坂』『海峡』『白秋』『春雷』『岬へ』『駅までの道をおしえて』『ぼくのボールが君に届けば』『いねむり先生』、エッセイ集『それでも前へ進む』「大人の流儀」シリーズなどがある。2023年逝去。

受《う》け月《づき》

伊集院《いじゅういん》 静《しずか》

2007年３月15日第１刷発行
2023年12月15日第９刷発行

発行者――森田浩章
発行所――株式会社　講談社
東京都文京区音羽2-12-21　〒112-8001
電話　出版（03）5395-3510
　　　販売（03）5395-5817
　　　業務（03）5395-3615

Printed in Japan

講談社文庫

定価はカバーに
表示してあります

KODANSHA

デザイン―菊地信義
本文データ制作―講談社デジタル製作
印刷――――株式会社KPSプロダクツ
製本――――株式会社国宝社

ISBN978-4-06-275665-5

講談社文庫刊行の辞

二十一世紀の到来を目睫に望みながら、われわれはいま、人類史上かつて例を見ない巨大な転換期をむかえようとしている。

世界も、日本も、激動の予兆に対する期待とおののきを内に蔵して、未知の時代に歩み入ろうとしている。このときにあたり、創業の人野間清治の「ナショナル・エデュケイター」への志を現代に甦らせようと意図して、われわれはここに古今の文芸作品はいうまでもなく、ひろく人文・社会・自然の諸科学から東西の名著を網羅する、新しい綜合文庫の発刊を決意した。

激動の転換期はまた断絶の時代である。われわれは戦後二十五年間の出版文化のありかたへの深い反省をこめて、この断絶の時代にあえて人間的な持続を求めようとする。いたずらに浮薄な商業主義のあだ花を追い求めることなく、長期にわたって良書に生命をあたえようとつとめるところにしか、今後の出版文化の真の繁栄はあり得ないと信じるからである。

同時にわれわれはこの綜合文庫の刊行を通じて、人文・社会・自然の諸科学が、結局人間の学にほかならないことを立証しようと願っている。かつて知識とは、「汝自身を知る」ことにつきていた。現代社会の瑣末な情報の氾濫のなかから、力強い知識の源泉を掘り起し、技術文明のただなかに、生きた人間の姿を復活させること。それこそわれわれの切なる希求である。

われわれは権威に盲従せず、俗流に媚びることなく、渾然一体となって日本の「草の根」をかたちづくる若く新しい世代の人々に、心をこめてこの新しい綜合文庫をおくり届けたい。それは知識の泉であるとともに感受性のふるさとであり、もっとも有機的に組織され、社会に開かれた万人のための大学をめざしている。大方の支援と協力を衷心より切望してやまない。

一九七一年七月

野間省一

泉 ゆたか 玉《たま》の輿《こし》猫〈お江戸けもの医 毛玉堂〉
伊兼源太郎 地検のS
伊兼源太郎 Sが泣いた日〈地検のS〉
伊兼源太郎 Sの幕引き〈地検のS〉
伊兼源太郎 巨悪
伊兼源太郎 金庫番の娘
逸木 裕 電気じかけのクジラは歌う
今村翔吾 イクサガミ 天
今村翔吾 イクサガミ 地
入月英一 信長と征《ゆ》く 1・2〈転生商人の天下取り〉
磯田道史 歴史とは靴である
石原慎太郎 湘南夫人
井戸川射子 ここはとても速い川
五十嵐律人 法廷遊戯
稲葉なおと ホシノカケラ
一色さゆり 光をえがく人
石沢麻依 貝に続く場所にて
内田康夫 シーラカンス殺人事件
内田康夫 パソコン探偵の名推理

内田康夫 「横山大観」殺人事件
内田康夫 江田島殺人事件
内田康夫 琵琶湖周航殺人歌
内田康夫 夏泊殺人岬
内田康夫 「信濃の国」殺人事件
内田康夫 風葬の城
内田康夫 透明な遺書
内田康夫 鞆《とも》の浦《うら》殺人事件
内田康夫 終幕《フィナーレ》のない殺人
内田康夫 御堂筋殺人事件
内田康夫 記憶の中の殺人
内田康夫 北国街道殺人事件
内田康夫 「紅藍《くれない》の女《ひと》」殺人事件
内田康夫 「紫《むらさき》の女《ひと》」殺人事件
内田康夫 藍色回廊殺人事件
内田康夫 明日香の皇子
内田康夫 華の下にて
内田康夫 黄金の石橋
内田康夫 靖国への帰還

内田康夫 不等辺三角形
内田康夫 ぼくが探偵だった夏
内田康夫 逃げろ光彦〈内田康夫と5人の女たち〉
内田康夫 悪魔の種子
内田康夫 戸隠伝説殺人事件
内田康夫 新装版 死者の木霊
内田康夫 新装版 漂泊の楽人
内田康夫 新装版 平城山《ならやま》を越えた女
内田康夫 秋田殺人事件
内田康夫 孤道
和久井清水 孤道 完結編〈金色の眠り〉
内田康夫 イーハトーブの幽霊
歌野晶午 死体を買う男
歌野晶午 安達ヶ原の鬼密室
歌野晶午 新装版 長い家の殺人
歌野晶午 新装版 白い家の殺人
歌野晶午 新装版 動く家の殺人
歌野晶午 密室殺人ゲーム王手飛車取り
歌野晶午 新装版 ROMMY 越境者の夢

2023年 9月15日現在